신나는 아동극 세상

이한영 아동극본집 2

신나는 아동극 세상

이한영 지음 / 조수빈 그림

철학과현실사

책머리에

마음 밭을 곱게 가꾸어가기

농작물이 자라는 논밭에서처럼 어린이들의 마음 밭에도 끊임없이 잡초가 돋아나고 자랍니다. 남을 욕하고 미워하며 거짓말, 시기심, 질투, 이기적인 마음 등이 모두 잡초인 것입니다. 이런 잡초 또한 계속해서 뽑아주지 않으면 어린이들의 심성을 곱고 아름답게 가꾸어갈 수 없습니다. 마치 농작물 속에서 잡초를 뽑아내야 곡식이 잘 자라듯이 말입니다.

마음 밭의 잡초를 뽑아주려면 어린이들에게 감동을 주어야 합니다. 백 마디의 훈화가 감동을 줄 수 있을까요? 아동극은, 무대 위에서 공연하는 어린이나 관람하는 어린이나 모두 하나가 되어 극 속에 빠져듭니다. 연극을 하는 어린이는 보는 어린이의 대변자며, 보는 어린이도 연기자가 마치 자기 자신같이 느껴져 손에 땀을 쥐고 기뻐하거나 슬퍼합니다. 감동은 바로 여기에서 생겨납니다.

지금 우리 사회의 한결같은 화두는 '경제'입니다. 특히 새 정부가 출범하며 경제 살리기에 대한 국민의 열망은 그 어느 때보다 뜨겁습니다.

잘 먹고 잘 사는 문제야말로 우리 인간의 소망이며 행복한 삶의 첫째 조건임에 분명합니다. 그러나 나는 한편으로 너무 경제에 치우친 사회 현상을 우려합니다. 정말 사람이 잘 먹고 잘 살기만 하면 되는 걸까요? 경제적으로 좀 어렵더라도 올바르게 살아야하지 않을까요? 어려운 사람을 도울 줄도 알고 남을 배려할 줄도 아는, 가슴이 따뜻한 사람들이 모여 사는 사회가 진정 좋은 사회입니다.

물질만능주의가 팽배한 세태 속에서도 나는 어린이들에게 기대를 걸며, 연극이야말로 어린이들의 심성을 곱게 가꾸어나가는 데 가장 효과적인 방법이라는 생각으로 여기 두 번째 아동극본집을 묶습니다.

2008년 3월, 무학산 기슭에서

이 한 영

차 례

아빠 힘 내세요 _9

우리가 지켜줄게 _22

놀개울에 부는 바람 _44

즈믄 해의 동이 틀 때 _58

마음을 활짝 열고 _78

어명 받은 금강소나무 _96

구슬의 비밀 _110

신들의 분노 _123

차 례

베짱이의 슬픔 _140

반돌이와 장군이 _159

철없는 심 봉사 _175

노루와 보석 _193

자선냄비 속에 들어간 물방울다이아 _218

아빠 힘 내세요

■ 때 : 외환 위기(IMF) 시절

■ 곳 : 가정의 거실

■ 나오는 이들 : 진혁, 아빠, 엄마, 세준.

■ 무대 : 어느 평범한 가정의 거실이다.

1

막이 열리면 진혁이 거실 소파에 앉아서 책을 읽고 있고, 엄마는 그 옆에서 안절부절못하며 연방 벽시계를 올려다보고 있다.

엄 마 (손바닥으로 가슴을 쓸며) 휴—, 왜 이리 가슴이 답답하지?

진 혁 물이라도 한 컵 떠다드릴까요, 엄마?

엄 마 아니다. (또 한 번 시계를 쳐다보며) 아빠는 오늘도 늦으시는구나. 이 시간에 어디서 무얼 하시는지 …….

진 혁 (책을 덮으며) 엄마! 아빠에게 무슨 일이 있는 거죠?

엄 마 (황급히) 아, 아니다. 일은 무슨 일 ……, 그냥 회사 일에 바빠서 그런 거지.

진 혁 아니에요. 저라고 눈치가 그렇게 없는 줄 아세요? 아빤 회사에서 잘린 거죠? 그렇죠?

엄 마 (놀라며) 잘리다니 … ? (한숨을 한 번 쉬고는) 그래, 네가 이미 알고 있는 듯하니 말하마. 네 말대로 아빠 회사에서 나오셨단다. 그래서 실의에 빠져 밤낮 저렇게 헤매고 다니며 …….

진 혁 새로운 일자리를 찾고 계시나요?

엄 마 (또 한숨을 쉬며) 아빠가 지금 필요한 건 새

일자리보다 자신감을 회복하는 것이란다. 도무지 무슨 일에 자신이 없으니…….

진 혁 (엄마의 손을 잡으며) 아빠가 불쌍해요. 좀 늦게 들어오셔도 싸우지 말고 아빠를 이해해주세요, 네?

엄 마 (진혁을 빤히 바라보며) 엄마도 아빠가 가엾단다. 그러나 또 술이 고주망태가 되어 들어오는 걸 보면 그만 화가 끓어오르며 …….

이때, 현관문을 두드리며 아빠의 목소리가 들린다. 엄마가 문을 열어주자, 아빠는 비틀거리며 들어와 거실 바닥에 쓰러지듯 주저앉는다.

아 빠 (혀 꼬부라진 소리로) 여보! 미안해. 미안해, 여보!

엄 마 (아빠의 옷을 벗겨들며) 웬 술을 이렇게 많이 마셔요? 몸 생각을 좀 해야지…….

아 빠 내가 말이야, 휴— (고개를 절레절레 흔들며) 내 인생이 여기서 이렇게 허무하게 주저앉는다고 생각하니……, 으흐흑!

엄 마 (짜증스럽게) 제발 그 못난 소리 좀 하지 말아요. 그깟 시련이 뭐 그리 대단하다고 그러세요? 다시 시작하면 되는 건데.

아 빠 (손을 내저으며) 아니야! 아니야! 아니야!

진 혁 (아빠의 손을 잡으며 안타깝게) 아빠!

아 빠 그래, 진혁아! 미안하다. 결국 이런 꼴을 네게 보이고 마는구나.

진혁이 아빠의 손을 움켜잡고 울먹이는 가운데, 무대 서서히 암전된다.

2

무대 밝아지면 아침이다. 아빠는 신문을 펼쳐들고 있고, 진혁은 거실 한쪽에서 눈치를 보며 책을 읽고 있다. 엄마는 바쁘게 외출 준비를 하고 있다.

엄 마 (핸드백을 들고 나서며) 당신은 오늘 집에서 쉬세요. 쓸데없이 나돌아다니면 돈만 쓰지 별 수 있겠어요? 마침 내가 할 만한 일자리가 있다니, 오늘은 내가 나갔다오겠어요.

아 빠 당신이 무슨 일을……?

엄 마 당분간 당신이 새로운 일자리를 찾을 때까지 내가 일하겠어요. 그러니 당신은 진혁이랑 집에서 그동안 부자지간에 막혔던 정도 풀고 잘지내보세요.

아 빠 (기운 없이) 알았소. 다녀오구려.

엄 마 너무 걱정 마세요. 설마한들 산 입에 거미줄 치겠어요? (아빠의 얼굴을 살피며) 면도도 좀 하고, 제발 기운 좀 차리세요.

진 혁 (엄마의 등에 대고) 안녕히 다녀오세요.

엄마가 바쁘게 나가고 난 뒤, 어색한 정적이 감돈다.

아 빠 (헛기침을 하며) 그래, 방학 숙제는 다했니?

진 혁 예.

아 빠 이제 방학도 거의 끝나가지?

진 혁 예.

아빠는 계속 신문을 뒤적거리고 진혁은 옆에서 동화책을 읽는다. 그때 전화벨이 요란히 울린다.

아 빠 (기다린 듯 반가운 목소리로) 여보세요? 네. (소리가 작아지며) 아, 그래, 기다려라. 진혁아, 친구다.

진 혁 (수화기를 받아들고) 여보세요? 응, 세준이구나.

세 준 (목소리만 들린다) 야, 너희 아빠 왜 회사에 안 갔냐? 회사에서 잘렸냐?

진 혁 (화난 목소리로) 임마! 잘리긴 뭐가 잘려? 우리 아빠가 무슨 도마뱀 꼬린 줄 아니, 잘리게!(수화기를 탁 내려놓는다.)

아 빠 친구 전화를 그렇게 받니? 좀더 다정하게 받지 않고.

진 혁 자식이, 얄밉잖아요.

아 빠 으흠! 음, 음!

책을 보던 진혁이 살그머니 일어나 돼지저금통에서 동전을 꺼낸다.

진 혁 아빠, 저 잠깐 나갔다올게요.

아 빠 (신문을 접으며) 그래라.

진혁이 나가면 아빠가 일어나 담배 한 대를 피워 물고 베란다로 걸어가 멍하니 하늘을 바라보며 생각에 잠긴다. 한참 그러던 아빠, 무얼 발견했는지 저 아래쪽을 유심히 내려다보고 있다.

진 혁 (잠시 후, 숨이 턱에 차서 뛰어 들어오며) 아빠! 무지무지하게 재미있는 비디오래요. 성인용인데 아이들이 함께 봐도 된대요.

아 빠 (웃으며) 녀석, 비디오 빌리러 갔던 게니?

진 혁 (따라 웃으며) 네. 아빨 좀 웃겨드리려고요.

아 빠 그래, 얼마나 웃기는지 한번 보자꾸나.

아빠와 진혁이 나란히 앉아 비디오를 본다. 히히거리며 웃다가, 거실이 떠나가라 하고 마구 웃어대기도 하고…… 어느새 둘은 어깨동무를 하고 있다.

진 혁 (아빠의 손을 풀며) 아빠, 배고프시죠? 제가 라면 끓여드릴게요.

아 빠 네가 라면 끓일 줄이나 아니?

진 혁 그럼요. 절 아직 어린애로 보세요? 아빤 비디오나 보며 가만히 계세요, 곧 끓여올 테니까요.

아 빠 (기쁜 표정으로) 그럼 어디 우리 아들 요리 솜씨를 한번 볼까?

아빠는 계속 비디오를 보며 웃고 있고, 진혁은 주방에서 부지런히 라면을 끓인다.

아 빠 (잠시 후 일어나며) 어디 보자, 우리 아들이 라면을 얼마나 맛있게 끓였나…….

진 혁 (명랑하게) 다 됐어요, 아빠.

아 빠 내가 들고 갈게.

진 혁 예.

아빠가 라면 냄비를 들고 가고, 진혁은 젓가락을 챙겨가지고 온다. 둘이서 마주앉아 뜨거운 김을 후후 불며 맛있게 라면을 먹는다. 한참 먹다가 이마를 부딪쳐 서로 마주보고 웃는 두 사람의 눈에 눈물이 그렁그렁 고였다.

아 빠 (쓰윽 눈물을 훔치며) 정말 라면이 맛있구나!

진 혁 (따라서 눈물을 닦으며) 히히히! 제 실력을 이제 아셨죠?

아 빠 (진혁의 어깨를 툭 치며) 녀석! 어느새 많이 컸구나.

진 혁 아빠! 제가 제일 존경하는 사람이 누군지 아세요?

아 빠 누구니? 요즘 어린이들은 운동 선수나 가수, 컴퓨터프로그래머 등을 존경한다던데?

진 혁 이 세상에서 제가 제일 존경하는 사람은, 바로

…….

아 빠 바로 …… ?

진 혁 바로 아빠예요.

아 빠 (놀라며) 나?

진 혁 예, 어릴 때부터 아빤 저의 우상이었어요.

아 빠 허! 녀석 …….

진 혁 우리 가정의 행복을 위해 밤낮 없이 애쓰시는 아빠를 존경하는 건 당연한 일 아니겠어요?

아 빠 진혁아! 그러고 보니 너야말로 우리 가정의 희망이구나! (진혁을 덥석 끌어안는다.)

진 혁 (아빠를 마주 끌어안으며) 아빠! 다시 힘내시는 거죠?

아 빠 그래! 이렇게 든든한 희망이 내 곁에 있는데 내가 무얼 두려워하겠니?

진 혁 고마워요, 아빠!

아 빠 (갑자기 좋은 생각이 났다는 듯) 진혁아! 우리, 엄마를 놀래줄까? 저녁밥을 맛있게 지어서 말이야.

진 혁 그래요. 엄마가 오시면 깜짝 놀라게 해요.

아 빠 (벌떡 일어서며) 자, 무슨 요리를 할까? 엄마가 뭘 좋아하시지?

진 혁 동태찌개 어때요? 엄마가 제일 좋아하시는 음식인데.

아 빠 (냉장고 문을 열며) 그래, 그게 좋겠다. 오, 여기 마침 동태가 있군.

진 혁 (앞치마를 건네며) 아빠, 앞치마부터 입으셔야죠.

아 빠 그래, (앞치마를 받아 두르며) 요리가 어떤 것인지 내가 확실히 보여주마.

진 혁 헤헤헤! 밥이나 태우지 마세요.

아 빠 원, 녀석! 아빠 실력을 어찌 보고……, 낚시 갔을 때 아빠 솜씨 잊어버렸니?

진 혁 (생각난다는 듯) 아, 그때 정말 맛있었죠.

진혁과 아빠가 부산하게 저녁 준비를 한다. 쌀을 씻어 안치고, 동태를 토막 내어 냄비에 담는다. 둘이서 신이 나는지 휘파람도 휙휙 분다.

아 빠 진혁아, 밥이 될 때까지 아빤 면도 좀 하마.

진 혁 예, 아빠! 그동안 전 거실 정리를 할게요.

아빠가 휘파람을 불며 면도를 하고, 진혁은 거실 정리를 한다. 이윽고 둘이서 열심히 상을 차린다.

아 빠 (찌개 맛을 보며) 야! 끝내준다. (진혁에게도 맛을 보인다.)

진 혁 역시! 아빠 요리 솜씨는 여전히 살아 있군요.

아 빠 (기분이 좋아서) 그럼! 살아 있지. 암! 살아 있고 말고.

진 혁 (시계를 보며) 엄마가 빨리 오시면 좋을 텐데…….

마침 엄마가 문을 두드린다. 문을 열고 들어서는 엄마를 아빠와 진혁이 웃으며 맞는다.

엄 마 (코를 벌름거리며) 이게 무슨 냄새야? 내가 좋아하는 동태찌개 냄새 같은데?

아 빠 (기쁜 목소리로) 바로 맞히셨습니다, 마님! 어서 식탁에 앉으시지요.

엄 마 (감격해서) 어머! 당신이 저녁상을 차리셨군요. 어쩜!

진 혁 (코믹하게) 그리 서운한 말씀 마십시오. 저랑 같이 차렸습니다.

엄 마 (진혁을 끌어안으며) 고맙다, 진혁아.

아 빠 (엄마의 손을 잡아끌며) 자, 찌개가 식겠소.

엄 마 당신, 면도도 말끔히 하셨군요. (기뻐서) 무엇이 이렇게 당신을 변하게 한 거죠?

아 빠 뭐긴 뭐겠어요? 한 편의 비디오 덕분이지. 세상에서 가장 감동적인 비디오였어요.

엄 마 비디오라고요? 제목이 뭔데요?

아 빠 제목이, 아빠와 아들 …… 아니, 아들과 아빠!

엄 마 가족 드라마였군요?

아 빠 그랬지. 어떤 내용이냐 하면……, 절망에 빠진 아빠가 아래로 콱 떨어져버리고 싶은 참담한 심정으로 베란다에 서 있는데, 그 아래로 아빠에게 보여줄 비디오를 가슴에 안고 좋아 어쩔 줄 몰라 하며 달려오는 아들의 모습! 그 장면을 난 평생 잊지 못할 거예요.

엄 마 (진혁을 힐끗 쳐다보며) 참, 부자지간에 보기엔 딱 알맞은 내용이었군요.

아 빠 맨 마지막 장면은, 아빠는 그 아들이 있다는 것만으로도 감격하여 아무리 힘들어도 참고 이겨내야겠다는 용기를 갖게 되지. 아들이 가져다준 건 단순한 비디오가 아니라 가슴 가득한 희망이었거든.

진 혁 내가 빌려온 비디오는 그게 아닌…….

엄 마 (감격해서 아빠의 손을 잡으며) 여보! 고마워요.

아 빠 자, 우리 새롭게 시작합시다. 내 가슴속에는 이제 새로운 열정이 막 끓어오르고 있소.

진 혁 (호들갑스럽게) 아빠, 엄마, 찌개 다 식겠어요.

엄 마 아빠 (화들짝 놀라며) 그래, 어서 먹자꾸나.

아빠, 엄마, 진혁이 식탁에 둘러앉아 웃음꽃을 피우며

맛있게 저녁을 먹는 가운데, 희망에 찬 음악이 흘러나오며 서서히 막이 닫힌다.

우리가 지켜줄게

■때 : 현대

■곳 : 어느 숲 속

■나오는 이들 : 토식(아기토끼), 다람쥐, 너구리, 여우, 노루, 엄마토끼, 미정, 영길, 동수, 사람1, 사람2.

막이 열리면 나무와 바위들이 있는 숲 속이다. 경쾌한 음악이 흘러나오는 가운데 토끼, 다람쥐, 너구리가 이리저리 뛰어다니며 재미있게 놀고 있다.

너구리 (숨을 몰아쉬며) 아이 재미있어.

다람쥐 이제 우리 다른 놀이하자.

토 식 달리기 어때?

다람쥐 에이, 토끼 너는 선수잖아. 그보다는 차라리 나무 기어오르기가 낫겠다.

너구리 모두 다 함께 할 수 있는 놀이를 해야지. 숨바꼭질 어때?

토 식 좋아.

다람쥐 숨바꼭질이라면 나도 자신 있지.

셋이서 술래를 정하기 위해 가위바위보를 한다. 그때 갑자기 여우가 뛰어 들어오며 소리를 지른다.

여 우 (다급하게) 사람이다! 사람이 나타났다!

토 식 (놀라며) 뭐, 사람? 정말이야?

여 우 정말이야. 지금 이리로 오고 있어. 빨리 숨어.

동물들 어쩔 줄 몰라 하며 허둥거린다. 그 모습을 보고 있던 여우, 갑자기 깔깔대며 웃는다.

여 우 하하하하! 아이 재미있어, 아이 재미있어.

그때서야 동물들, 여우에게 속은 줄 알고 화를 내며 안도의 숨을 몰아쉰다.

너구리 (여우를 노려보며) 여우, 너 또 우릴 속였구나. 그런 장난하면 못 쓴다고 노루 할아버지에게 그렇게 혼나고서도 또 그런 짓을 하니?

토 식 노루 할아버지께 이를 테야.

여 우 (황급히) 미안해. 너희들끼리만 노니까 샘이 나서 그랬지 뭐.

다람쥐 (여우를 잡아끌며) 같이 놀아. 우리 숨바꼭질할 거야.

여 우 (좋아서) 그래.

넷이서 가위바위보를 한다. 막 놀이를 시작하려는 데 엄마토끼가 뛰어 들어오며 소리를 지른다.

엄마토끼 (숨 가쁜 목소리로) 애들아! 어서 숨어. 사람이 나타났어!

너구리 에이, 토끼 아주머니까지 놀리시기예요?

엄마토끼 놀리는 게 아니란다. 지금 사람들이 이리로 오고 있어.

다람쥐 (바짝 긴장하며) 정말이에요 아주머니?

엄마토끼 그럼. 저, 정말이고 말고, 어서 숨어! 무서운 총을 가지고 있더라.

토 식 엄마! (무서워서 엄마 품으로 파고든다.)

엄마토끼 (토식을 품에 안으며) 무서워하지 마라. 사람들이 찾지 못하게 꼭꼭 숨으면 돼.

동물들이 모두 나무 뒤나 바위 뒤로 숨자, 공포에 찬 음악이 점점 고조되며 총을 든 사람들 두 명이 나타난다.

사람 1 (총을 겨누고 작은 소리로) 분명히 이 근처에서 바스락대는 소리가 났는데…….

사람 2 요즘 짐승들은 약아빠져서 통 잡을 수가 없어.

사람 1 (이리저리 살피고 다니며) 토끼라도 한 마리 얼씬거리기만 하면 멋지게 내 사냥 솜씨를 보여 줄 텐데 말이야.

사람 2 (사방을 두리번거리다가 나무둥치를 발로 걷어차며) 에잇! 나쁜 놈의 짐승들 같으니라구.

그때 나무 뒤에 숨어 있던 너구리, 놀라서 달아난다.

사람 1 앗! 너구리다!

총을 겨누고 쏜다. 불안한 음악과 함께 총소리 온 숲 속에 울려퍼지고 두 사냥꾼 부산하게 숲 속을 헤매고 다닌다. 총소리 몇 번 더 울린다.

사람 1 (총을 짚고 바위에 걸터앉으며) 에잇, 재수 없어. 한 방에 맞힐 수 있었는데 말이야.

사람 2 안 되겠어. 다른 방법을 써보자구.

사람 1 다른 방법? 무슨?

사람 2 (배낭을 벗으며) 이럴 줄 알고 내가 준비해온 게 있지.

배낭을 열고 그 속에서 올가미들을 끄집어낸다.

사람 1 (아주 반기며) 그래! 바로 그거야.

두 사람, 숲 이곳저곳에 올가미들을 설치해놓고 만족한 표정을 지으며 퇴장한다. 사람들이 사라지자 동물들이 조심스럽게 나타난다.

너구리 (올가미를 바라보며) 아이 무서워.

토 식 (엄마 품으로 파고들며) 무서워, 엄마.

엄마토끼 (토끼를 꼭 끌어안으며) 너무 무서워하지 마라. 항상 조심하면 괜찮단다.

다람쥐 아이 무서워. 사람들은 왜 이리 잔인할까?

여 우 우리가 자기들에게 잘못한 것도 없는데…….

노 루 사람이라고 다 그런 것은 아니란다. 우릴 아끼고 사랑하는 사람들도 많단다.

엄마토끼 (화를 내며) 그렇지 않아요. 노루 영감님은 작년 일을 잊으셨어요? 우리 애 아빠가 올가미에 걸려 잡혀간 일 말이에요. 나는 그때 일만 생각하면 지금도 가슴이 떨려서……, 흑흑!(흐느껴 운다.)

노 루 (어쩔 줄 몰라 하며) 미안해요, 토끼 아주머니. 그때 일을 생각하면 나도 가슴이 아프다오.

다람쥐 (분하다는 듯이) 사람들은 다 나빠요. 지난 가을에는 사람들이 온 산의 도토리를 모두 다 주워가는 바람에 우리 다람쥐들이 먹을 게 없어 여태 이 고생이잖아요.

너구리 다람쥐 말이 맞아요. 저 뒷산에 돌감나무 있죠? 그 돌감은 해마다 겨울 동안 까마귀네 먹이였는데, 사람들이 약에 쓴다고 모두 다 따가는 바람에 어떻게 겨울을 날까 하고 까마귀네가 걱정이 태산 같더라구요.

여 우 온 산에 쓰레기를 마구 버리고 약이 된다면 무엇이나 잡아먹는 게 사람들이잖아요.

노 루 개구리도 잡아먹고,

너구리 뱀도 잡아먹고,

엄마토끼 돌감나무, 돌배 열매까지 다 따 먹는걸.

다람쥐 (부르르 떨며) 사람이라면 정말 무서워요.

너구리 (올가미를 가리키며) 저런 올가미가 온 숲 속 곳곳에서 아귀처럼 입을 벌리고 있다고 생각하니 마음대로 뛰어놀 수도 없고…….

여 우 (씩씩거리다가 갑자기 달려들어 올가미를 잡아당기며) 에잇! 이 놈의 올가미.

노 루 (깜짝 놀라며) 앗! 조심해라, 여우야.

모두 놀란 눈으로 여우를 바라보자, 여우는 분을 못 참겠다는 듯이 올가미를 잡고는 씩씩거린다.

노 루 (여우에게 다가가 손을 잡아끌며) 그런다고 해결될 일이 아니란다. 언제나 조심하고 또 조심하는 것밖에 어쩔 수가 없는 것이 우리 짐승들의 타고난 운명이란다.

엄마토끼 (토끼에게) 토식아, 어쨌든 조심해야 한다. 만일에 너마저 어떻게 되는 날엔, (눈물을 닦으며) 이 엄마는 더 이상 살 수가 없단다.

토 식 (엄마의 눈물을 닦아주며) 염려 마세요, 엄마. 조심할게요.

노 루 (모든 동물들을 둘러보며) 함부로 돌아다녀서는 안 된다. 이상한 것이 있으면 가까이 가지 말고 멀리 돌아가야 돼. 내 말 알아듣겠지?

모 두 (풀죽은 목소리로) 예.

동물들, 모두 숲 속으로 슬금슬금 사라진다.

엄마토끼 (들어가는 아이들을 바라보며) 아이들이 불쌍해요. 이 아름다운 숲 속을 마음대로 뛰어다니지도 못하고…….

노 루 그러게 말이외다. 어쩌다가 이런 세상이 되었는지. (휴— 하고 한숨을 쉰다.)

엄마토끼 어디 안심하고 살 수 있는 곳이 없을까요? 노루 영감님.

노 루 그런 곳이 어디 있겠소? 사람이 돌아다니지 않는 곳은 이 세상 천지에 아무 데도 없으니까…….

엄마토끼 (이를 갈며) 잔인한 인간들!

그때 급박한 상황을 알리는 음악과 함께 울부짖는 소리가 들리며 너구리, 여우, 토끼가 다람쥐를 부축해서 들어온다.

너구리 (다급한 목소리로) 노루 할아버지! 다람쥐가 이상해요.

토 식 다람쥐가 거품을 내뿜으며 정신을 잃었어요.

노 루 (깜짝 놀라 다람쥐를 받아 안으며) 이거 보통 일이 아니구나. 어쩌다가 이렇게 되었니?

여 우 저희들도 잘 모르겠어요. 다람쥐가 도토리를 찾는다고 저쪽에서 혼자 있었는데, 캑캑거리는 소리에 달려갔더니 이렇게 쓰러져 있더라구요.

엄마토끼 (다람쥐의 머리를 짚어보더니) 뭘 잘못 먹은 게 분명해요. 좀 토했으면 좋으련만…….

노 루 (다람쥐를 마구 흔들며) 다람쥐야! 다람쥐야! 내 말 들리니?

엄마토끼 (다람쥐의 등을 툭툭 치며) 다람쥐야! 정신 차려라, 다람쥐야! 응?

다람쥐가 갑자기 웩! 웩! 하며 먹은 것을 토한다.

엄마토끼 (반가워서) 오! 다람쥐야. 그래 실컷 토해버리렴. 이제 정신이 좀 드니?

다람쥐 (작은 목소리로) 엄마…….

노 루 오! 다행이다. 그래, 어쩌다가 이렇게 되었니?

다람쥐 물 좀…….

엄마토끼 물! 그래, 내 물 떠오마.

엄마토끼, 달려가더니 물을 떠와 다람쥐에게 먹인다. 다람쥐가 정신이 좀 드는지 일어나 앉는다.

다람쥐 (숨을 한 번 크게 몰아쉬고는) 도토리를 찾다가 하도 배가 고파서 밀감 껍질을 주워 먹었어요.

노 루 뭐? 밀감 껍질?

다람쥐 예. 그거라도 씹어 먹으면 허기가 좀 가실까 해서 …….

엄마토끼 (가엽다는 듯이) 쯧쯧, 불쌍한 것.

노 루 밀감 껍질이라면 먹어도 별 탈이 없을 텐데?

엄마토끼 아니에요. 사람들이 까먹고 버리는 밀감 껍질에 무서운 농약이 묻어 있다는 얘길 들었어요.

다람쥐 전에는 먹어도 괜찮았어요.

엄마토끼 괜찮은 것도 있겠지만 무서운 독이 묻어 있는 것이 있단다. 앞으로는 절대 그런 걸 주워 먹지 말아라.

다람쥐 예.

엄마토끼 (화난 목소리로) 이래저래 사람들이 우릴 골탕 먹인다니까.

노 루 사람들도 이런 일이 벌어지리라고는 미처 생각을 못했겠지요.

그때 갑자기 너구리가 소리친다.

너구리 (놀라며) 앗! 조심해, 토식아!
토 식 (울부짖는 목소리로) 엄마!
엄마토끼 (놀라서 돌아보고는) 토식아! 토식아!

토식이가 무심코 한 발 내딛다가 올가미에 뒷다리가 걸려 버둥거린다. 불안과 공포에 찬 음악이 고조되는 가운데 엄마토끼가 토식을 끌어안고 통곡한다.

엄마토끼 (비통한 목소리로) 토식아! 그렇게 내가 조심하라고 했는데 기어이 이런 일이 일어나고 말았구나.
토 식 (두려움에 떨며) 미안해요, 엄마. 나도 모르게 그만 올가미에 걸리고 말았어요.
엄마토끼 (울음 섞인 목소리로) 오! 어쩌면 좋아. 어쩌면 좋단 말이냐, 이 일을. 흑흑!
노 루 (분노에 찬 목소리로) 못 된 인간들 같으니라구!
토 식 (울먹이며) 아, 다리가 아파요. 빨리 절 좀 구해주세요, 네? 엄마.
엄마토끼 토식아, 발버둥치지 말고 가만히 있으렴. 올가미는 발버둥치면 칠수록 더 조여온단다. 무슨 수를 써서라도 널 구해내고야 말 테니.

엄마토끼가 달려들어 올가미를 물어뜯는다. 엄마토끼의

입가에 벌겋게 피가 묻어나자 다른 동물들이 그 모습을 안타깝게 지켜보고 있다. 긴박감이 넘치는 음악이 흘러나온다.

너구리 토끼 아주머니, 제가 해볼게요. 아무래도 제 이빨이 좀더 날카로울 테니까요.

음악이 계속 이어지고 너구리와 여우, 노루, 다람쥐까지 달려들어 끊어보려고 하지만 올가미는 더욱 단단히 조여질 뿐이다. 토식이가 소리 내어 울자 엄마토끼도 토식을 붙들고 따라 운다.

엄마토끼 (노루의 손을 움켜잡으며) 노루 영감님, 어떻게든 우리 토식이를 좀 살려주세요. 제발, 제발 부탁이에요, 네?

노 루 (딱하다는 듯이) 고정하세요, 토끼 아주머니. 하늘이 무너져도 솟아날 구멍이 있다잖아요. 반드시 무슨 수가 있을 거예요.

엄마토끼 (결연한 어조로) 우리 토식이를 살릴 수만 있다면 무슨 일이든지 하겠어요. 제발 우리 토식이를 좀 구해주세요.

노 루 (혀를 끌끌 차며) 이런 딱한 일이 있나!

엄마토끼가 다시 올가미를 끊으려 달려들자 노루가 말린다.

노 루 (엄마토끼를 붙들어 일으키며) 이 올가미를 우리 힘으로 끊는다는 건 무립니다. 약간 위험한 방법이긴 합니다만 이렇게 해보는 게 어떨까요?

엄마토끼 (반색하며) 어떻게요?

노 루 아마 곧 사람들이 올가미를 보러 올 겁니다. 올가미에서 토식이를 끄집어내었을 때, 우리가 갑자기 달려들어 사람들을 놀래주어 토식이를 구출하면 될 것 같기도 한데…….

여 우 (손뼉을 치며) 그거 좋은 생각이에요. 우리가 숨어 있다가 갑자기 달려나가면 아무리 간 큰 사람이라도 놀라 토식이를 버리고 달아날 거예요.

너구리 맞아요. 노루 할아버지랑 저랑 여우, 다람쥐가 사방에서 달려드는 거예요.

다람쥐 (고개를 갸웃거리며) 잘 될까? 잘못하면 우리까지 잡힐 텐데…….

노 루 (단호하게) 지금은 그 수밖에 없어.

엄마토끼 나도 뛰어나가겠어요.

노 루 토끼 아주머니는 안 돼요. 가만히 기다리고 있다가 토식이를 안고 재빨리 달아나야 해요.

여 우 그렇게 하세요, 토끼 아주머니.

엄마토끼 (동물들의 손을 잡으며) 모두 고마워요. 이 은혜 잊지 않을게요.

토 식 (괴로운 듯) 아아, 엄마! 다리가 자꾸 저려와요.

엄마토끼 (토식의 다리를 쓰다듬으며 안타까운 듯) 조금만 더 참아라, 응? 곧 구해줄 테니……. (돌아서서 운다.)

노 루 자, 그러면 우리 모두 연습을 해보자꾸나. 너구리는 저쪽, 여우는 이쪽, 다람쥐는 저 뒤쪽, 그리고 나는 여기서 뛰어나갈게. 내가 돌멩이를 발로 차는 것을 신호로 해서 달려나가는 거다, 알겠지?

모 두 (비장하게) 예.

동물들이 몇 번이고 달려나오며 연습한다. 다시 연습을 하기 위해 제자리로 가려는데 갑자기 두런두런 사람 소리가 들려온다. 모두들 바짝 긴장해서 서로 바라본다. 긴박한 음악이 고조되었다가 차츰 사라진다.

노 루 (낮은 목소리로) 자! 연습한 대로 실수 없이 해야 돼. 각자 위치로!

모 두 위치로!

동물들이 모두 숨자, 세 아이가 노래를 부르며 등장한

다. 모두 배낭을 메고 손에 뭔가를 하나씩 들고 있다.

미 정 동수야, 네가 만든 새집은 아무리 봐도 이상하다, 얘.

동 수 이건 새집이 아니고 다람쥐 쳇바퀴야. 다람쥐가 심심하면 쳇바퀴 돌리면서 놀라고 달아주려는 거야.

영 길 하하, 다람쥐가 숲 속에서도 쳇바퀴를 돌릴까?

동 수 헤헤헤, 만든 성의를 봐서라도 그냥 두기야 하겠니?

미 정 (숲을 둘러보며) 이 숲 가득 새들이 날아다니고 토끼, 다람쥐 같은 동물들이 마음껏 뛰어논다면 얼마나 좋을까?

동 수 우리 손으로 꼭 그런 아름다운 숲을 만들어야 돼. 그런 의미에서 자, 파이팅!

동수가 손을 내밀자 미정, 영길이 함께 손을 모아 파이팅을 외치고는, 배낭을 벗어놓고 각자 가지고 온 새집을 나무에 달아맨다. 그때 토끼의 신음소리가 들린다.

미 정 (손가락을 입에 대며) 쉿! 조용히 해봐. 무슨 소리가 들렸어.

동 수 그래, 나도 들었어. 무슨 신음소리 같았는데?

미 정　(사방을 둘러보다가) 앗! 저것 봐, 토끼다!
영 길　정말!

아이들이 토끼에게 가까이 간다. 토끼가 놀라 더욱 버둥거린다.

영 길　(놀라며) 올가미에 걸렸잖아.
미 정　가여워라. 얼마나 발버둥쳤는지 이 피 좀 봐.
동 수　어서 풀어주자.
영 길　그래.

세 아이가 올가미에서 토끼를 구출해내고는 손수건을 찢어 다리에 난 상처를 매어준다. 평화스런 음악이 잔잔히 흘러나온다.

미 정　(분노에 찬 목소리로) 누가 이렇게 잔인한 짓을 했을까?
동 수　그 사람도 이 올가미에 묶여 이런 고통을 당해 보게 해야 돼.
영 길　(걱정스럽게) 다리를 많이 다쳤는데 괜찮을까?
동 수　야생 동물이라 빨리 나을 거야.
미 정　(토끼를 살며시 땅에 내려놓고 쓰다듬으며) 잘 가거라, 토끼야.

동 수 다시는 이런 올가미에 걸리면 안 돼.

막 토끼를 놓아주려는데, 등 뒤에서 굵은 목소리가 들린다. 아이들 흠칫 놀라 토끼를 안고 돌아선다. 불안과 공포에 찬 음악이 순간적으로 높아졌다가 끊어진다.

사나이 (무서운 표정으로) 어서 그 토끼를 이리 내놔라!

영 길 (토끼를 안고 한 걸음 뒤로 물러서며) 아저씨는 누구세요?

사나이 (손을 내밀며) 내가 그 토끼의 임자다. 그러니 어서 그 토끼를 이리 다오.

동 수 오라! 그러니까 아저씨가 이 올가미를 여기에 설치했군요.

미 정 (사나이를 쏘아보며) 어쩌면 이렇게 잔인할 수가 있어요? 이 토끼가 불쌍하지도 않아요?

사나이 (어처구니없다는 듯) 너희들이 웬 참견이니? 여러 말 말고 토끼나 이리 다오.

동 수 (주먹을 불끈 쥐며) 나쁜 아저씨 같으니라고!

영 길 절대로 이 토낄 내어줄 수 없어요.

사나이 (화난 목소리로) 뭐라고? 쪼그만 녀석들이 건방지구나. 말로 해서 안 되겠군. 혼이 한 번 나볼래?

불안한 음악이 흘러나오는 가운데 사나이가 한 발 한

발 아이들에게 다가가자, 아이들 역시 토끼를 안고 한 발 한 발 뒤로 물러난다.

영 길 (토끼를 잽싸게 미정에게 건네주며) 미정아, 이 토끼를 어서 숲 속에 놓아줘. 나랑 동수가 이 아저씨를 막고 있을 테니.

미 정 (토끼를 넘겨받으며) 그래.

미정이 토끼를 안고 달아난다. 급박한 음악 속에서 사나이가 미정을 잡으러 달려가자, 동수와 영길이 사나이를 붙들고 늘어진다.

사나이 (아이들을 잡아떼며) 놔라, 이 녀석들아! 어서 놔!

동 수 (더욱 꽉 끌어안으며) 그럴 순 없어요! 절대 그럴 순 없다구요!

영 길 저 토낄 잡아가려거든 차라리 우릴 잡아가세요!

사나이 (아이들을 더욱 거칠게 다루며) 이 찰거머리 같은 녀석들! 어서 놓지 못해!

급박한 음악이 계속된다. 아이들은 내팽개쳐졌다가는 다시 일어나 허리를 끌어안고, 쓰러지면서 바짓가랑이를 잡고 늘어진다. 이윽고 미정이가 토끼를 숲 속에 놓아주고 돌아오자 그때서야 아이들이 사나이를 놓고 일어선다.

JSB

사나이 (토끼를 풀어준 숲 속을 아쉬운 듯이 바라보다가 주먹으로 동수와 영길의 머리를 한 대씩 쥐어박으며) 에이, 지독한 녀석들!

미 정 (꾸짖듯이) 아저씨! 앞으로는 제발 이런 짓 하지 마세요. 올가미에 걸려 발버둥치는 동물들이 불쌍하지도 않으세요?

사나이 시끄러워! 동물은 동물일 뿐이야.

동 수 (사나이를 노려보며) 이 숲에서 또다시 이런 짓을 하면 우리가 결코 그냥 보고만 있지는 않을 거예요.

영 길 동물을 사랑하지는 못해도 괴롭히진 마세요.

사나이 (옷을 털며) 에잇! 재수 없어.

사나이가 투덜거리며 나가자, 아이들 서로 바라보며 흐뭇하게 웃는다. 그리고는 온 숲을 돌아다니며 올가미들을 모두 떼어내고, 배낭을 열어서는 동물들의 먹이를 꺼내어 숲 속에 뿌린다. 평화로운 음악이 잔잔하게 울려퍼지며 나무 뒤에서 다람쥐가 빠끔히 얼굴을 내민다.

미 정 (반가워서) 어머! 다람쥐야.

영 길 (돌아보며) 어디 어디?

미 정 (손가락으로 가리키며) 저기 봐, 저기 나무 뒤에.

동 수 배가 고픈가봐.

영 길 (알밤을 다람쥐 앞으로 굴러주며) 자, 어서 먹어, 다람쥐야. 너희들 주려고 이렇게 가져온 거야.

동 수 (기쁨에 찬 목소리로) 야! 토끼도 있다.

미 정 어머, 정말. 아까 그 토끼인가봐.

이윽고 숨어 있던 동물들이 하나 둘 나무 뒤에서 나오자, 아이들은 좋아 어쩔 줄 모른다.

엄마토끼 (토식이의 손을 잡고 앞으로 나오며) 고마워. 너희들 덕분에 우리 토식이를 구할 수 있었어

토 식 정말 고마워. 난 아까 꼭 죽는 줄 알았어. 너희들은 내 생명의 은인이야.

영 길 (어리둥절하며) 어라? 토끼가 말을 하네.

미 정 이게 어떻게 된 거지?

동 수 (손가락으로 볼을 꼬집어보며) 혹시 우리가 꿈을 꾸고 있는 게 아닐까?

노 루 (한 발 앞으로 나오며) 진정으로 아끼고 사랑하는 마음을 갖게 되면 사람이든 동물이든 상관없이 서로 말이 통하게 되지.

영 길 오! 그렇구나.

너구리 너희들은 정말 착한 어린이들이야.

여 우 내가 본 사람 중에서 제일 착해.

미 정 우리 친구들도 모두 너희들을 아끼고 사랑한단다.

동 수 몇몇 나쁜 사람들이 있긴 하지만, 대부분의 사람들은 모두 너희들을 사랑하지.

다람쥐 난 지난번에 아이들이 던진 돌멩이에 맞아 다리를 다친 후로 사람들이 미웠는데, 너희들을 보니 그런 마음이 사라졌어.

동 식 이제 안심해. 우리가 너희들을 지켜줄게.

동물들 (좋아서) 고마워! 정말 고마워!

동 식 자연을 사랑하고 자연 속에서 뛰어노는 우린 모두 친구지.

영 길 그래, 우린 친구야.

미 정 친구들끼리 손잡고 노래나 한 곡 부를까?

동물들 (손뼉을 치며) 그래.

아이들과 동물들, 손을 잡고 돌며 신이 나서 노래를 부른다.「우리 모두 다함께」노래가 숲 속 가득 아름답게 울려퍼지는 가운데 서서히 막이 닫힌다.

놀개울에 부는 바람

■ 때 : 여름

■ 곳 : 놀개울

■ 나오는 이들 : 재갈이, 재록이, 엄마가재, 다람쥐, 청설모, 퉁사리, 물매암이, 소금쟁이, 다슬기, 아이 1, 아이 2.

■ 무대 : 숲이 우거진 개울이다. 맑은 개울물이 무대를 가로질러 흐르고 있고, 주변의 나무 사이로 파란 하늘과 흰 구름이 보인다. 무대 한쪽에 바위도 하나 있다.

1

막이 열리면 매미소리 신나게 들려오고, 사이사이로 산새들이 지저귀는 소리도 들린다. 재갈과 재록이 술래잡기하며 놀고 있다.

엄마가재 (막 뒤에서 소리만) 재갈아—, 재록아—.

재 록 (좋아서) 엄마다!

재 갈 (같이 좋아하며) 엄마가 벌써 돌아오셨네.

재 록 (장난스럽게) 형, 우리 엄마를 깜짝 놀라게 해줄까?

재 갈 그래, 저 돌멩이 뒤에 어서 숨자.

엄마가재가 새끼들을 부르며 들어온다.

엄마가재 (두리번거리며) 재갈아! 재록아! 얘들이 어딜 갔지?

재갈과 재록이 엄마 등 뒤로 살금살금 기어가서는 갑자기 엄마를 놀래준다.

재갈, 재록 (엄마를 왈칵 잡으며) 왁!

엄마가재 (일부러 화들짝 놀라며) 아이구 깜짝이야!

재 갈 해해해해! 놀랐죠? 엄마.

엄마가재 깜짝 놀랐다.

재 록 어떻게 그리 빨리 오셨어요?

엄마가재 너희들이 보고 싶어서 빨리 왔지.

엄마가재가 새끼들을 끌어안으며 등을 토닥인다.

엄마가재 (다정하게) 그래, 뭘 하고 놀았니?

재 록 형이랑 술래잡기하고 놀았어요.

재 갈 재록이랑 술래잡기하고 놀면 너무 재미있어요.

엄마가재 그래, 너희들이 탈 없이 무럭무럭 자라주는 게 이 엄마에게는 제일 큰 행복이란다.

그때 다람쥐가 뛰어 들어오고, 그 뒤를 청설모가 다람쥐를 잡으러 달려나온다.

청설모 (약이 올라서) 야, 너 정말 거기 안 서?

다람쥐 히히히! 날 잡아보시지.

엄마가재 (타이르듯이) 청설모야, 왜 또 그러니?

청설모 (씩씩거리며) 글쎄 다람쥐 저 녀석이 자꾸 약을 올리잖아요.

엄마가재 그러다가 다칠라.

다람쥐 (달아나다 말고 돌아보며) 메-롱!

청설모 야! 너 잡히기만 해봐라. 그냥 안 둘 테니까. 청설모가 다람쥐를 좇아 달려나가자, 재갈과 재록이 재미있어서 고함을 지른다.

재 록 다람쥐 아저씨, 어서 달아나세요! 어서어서!
재 갈 청설모 아저씨, 빨리 달려가 잡으세요! 빨리빨리!
엄마가재 (바라보며) 저 녀석들 또 저러다가 싸우지.
재 갈 (갑자기 엄마를 잡아 흔들며) 아! 엄마, 엄마! 저 푸른 하늘 좀 보세요. 너무 맑고 아름다워요.
엄마가재 (바라보며) 오! 그래, 정말 아름답구나.
재 록 어라? 흰 구름 아가씨가 그림을 그리고 있네요.
재 갈 야! 멋지다. 꼭 토끼 같애.
재 록 (공중에 대고) 흰 구름 아가씨! 멋진 그림 많이 그려주세요.
재 갈 어? 매미 아저씨가 왜 노래를 그쳤지?
재 록 정말!
재 갈 (큰소리로) 매미 아저씨! 신나는 노래 계속 불러주세요!

매미 소리가 다시 크게 들린다. 재갈과 재록이 신이 나서 키득거리며 무대를 이리저리 돌아다니다가는 엄마 품에 안겼다가 다시 달아나곤 한다. 이런 모습을 엄마가재가 흐뭇하게 바라보고 있다. 그때 갑자기 바깥이 떠들썩해지며 소리가 들려온다.

엄마가재 (하얗게 질리며) 사, 사람이다!

재 갈 (의아스럽게) 엄마, 사람이 뭐예요?

재 록 사람이 뭔데 그리 놀라세요?

엄마가재 (부들부들 떨며) 너희들은 아직 사람이 무엇인지 잘 모르겠다만, 사람이란 이 세상에서 제일 무섭고 잔인한 동물이란다.

재 록 물뱀보다 더 무서워요?

재 갈 까치살모사보다도요?

엄마가재 물뱀이나 까치살모사 따위와는 비교도 할 수 없이 독하고 잔인하단다.

재 록 (엄마 품에 파고들며) 무서워요, 엄마.

재 갈 (두려운 목소리로) 사람이 그, 그렇게 무서워요?

엄마가재 (형제를 끌어안으며) 쉬!

이윽고 사람들이 나타나더니 개울가 편편한 곳에 텐트를 치기 시작한다. 가재들은 한쪽 편에 숨어 서서 사람들의 행동을 유심히 살핀다.

엄마가재 (작은 목소리로) 저 사람들은 여름만 되면 이 깊은 계곡까지 찾아와 우리 놀개울 생물들을 괴롭히고 가지.

재 갈 어떻게요?

엄마가재 나뭇가지나 꽃을 꺾기도 하고 다람쥐를 잡겠다며 돌멩이를 던지는가 하면, 가지고 온 음식들로 온 계곡을 더럽힌단다.

재 갈 나쁜 사람들이군요.

엄마가재 그뿐인 줄 아니? 사람들은 자기네가 마치 이 세상의 주인인 것처럼 마음대로 행동하며 다른 생물들을 함부로 대하지.

재 록 왜 자기들이 주인이죠? 이 세상은 모든 생물들이 공평하게 살아갈 권리가 있는데…….

재 갈 그러게 말이야. 정말 어처구니가 없군!

엄마가재 너희들이 크면 알려주려고 아직 말을 안 했다만, (눈을 잠시 감았다 뜨며) 너희 아빠를 잡아간 것도 실은 저 사람들……, 흑! (말을 맺지 못하고 눈물을 훔친다.)

재 록 (놀라며) 네? 아빠 병으로 돌아가셨다고 했잖아요?

재 갈 (엄마를 잡아 흔들며) 어떻게 된 거예요, 엄마! 바른대로 말씀해보세요.

엄마가재 (가까스로 마음을 진정시키고는) 올 봄, 너희들이 아직 어렸을 때였지. 너희 아빠가 저 무지막지한 사람들에게 잡혀서 장난감처럼 주물리다가 그만 죽고 말았단다.

재 록 (몸을 부르르 떨며) 못된 사람들 같으니라구!

재 갈 (집게발을 꽉 쥐며) 꼭 복수하고 말 거예요!

엄마가재 (놀라며) 아서라. 우리에겐 그런 힘이 없단다.

아이들이 우르르 개울물로 뛰어들더니 첨벙거리며 마구 돌아다닌다.

엄마가재 (소곤거리듯) 오늘은 절대 밖에 나가지 말아라. 저 아이들이 하는 짓을 보니 꼭 무슨 일을 내고 말겠다.

재 갈 아이가 뭐예요?

엄마가재 어린 사람을 아이라고 하지. 특히 아이들이 우리 가재를 못 살게 군단다.

재 갈 아이들이 이쪽으로 오고 있어요, 엄마.

엄마가재 (재갈과 재록을 잡아끌며) 어서 들어가자.

가재 가족이 퇴장하면, 두 아이가 무대 중앙으로 걸어나온다.

아이 1 (나무 위의 다람쥐를 발견하고) 야, 다람쥐다!

아이 2 어디, 어디?

아이 1 저-기, 저쪽 나뭇가지에.

아이 2 정말!

아이 1 (돌멩이를 집어들며) 잘 봐. 내가 다람쥐를 단번에 맞춰볼 테니.

아이 2 (돌멩이를 찾아들고) 돌팔매질이라면 나도 자신 있지.

두 아이, 돌팔매질을 하며 다람쥐를 쫓아다닌다. 다람쥐가 아이들에게 쫓겨 이 나무 저 나무로 옮겨 다니고, 매미는 벌써 노래를 그쳤다.

아이 1 에이, 달아나버렸잖아.

아이 2 햐! 맞힐 수 있었는데.

아이 1 잡았으면 좋은 장난감일 텐데 말이야.

아이 2 (무심코 물 속을 내려다보다가) 가재다!

아이 1 야! 정말!

아이들이 물속의 돌멩이를 뒤집더니 새끼가재 한 마리를 잡아올린다. 그러다가 달아나는 어미가재를 발견하고 좋아라 소리친다.

아이 1 저기, 더 큰놈이 있어!

아이 2 우와! 크다. 가만있어, 내가 잡을게.

아이 1 빨리빨리!

아이들이 어미가재와 새끼가재 한 마리를 잡아올린다.

아이 1 아야! (어미가재가 꼭 찍는 바람에 손을 턴다.)

아이 2 이런! 새끼는 한쪽 집게발을 떼어놓은 채 달아났어.

아이 1 (가재를 단단히 쥐고는) 요 나쁜 놈! 나를 찍다니.

이때 어른이 아이들을 부르자 아이들 팔딱팔딱 뛰어가고, 사람들이 사라지면 암전된다.

2

무대 밝아지면 놀개울의 온 동물들이 모여 가재 형제를 위로하고 있다.

재 갈 (울부짖으며) 모두가 내 잘못이야. 흑흑!

물매암이 너무 괴로워하지 마라, 재갈아.

소금쟁이 어째 네 잘못이라고 하겠니? 못된 사람들이 나쁘지.

재 갈 아니에요. 엄마가 절대 오늘은 나가지 말라고 했는데, 그만 호기심에 내다보다가 엄마가 이런 변을…… 으윽! (떨어져나간 왼쪽 어깨를 다른 집게발로 감싼다.)

재 록 형, 많이 아파?

재 갈 (억지로 참으며) 아냐. 난 괜찮아.

소금쟁이 (재갈의 어깨를 어루만지며) 에그! 이 어린것이 얼마나 아플꼬.

통사리 쯧쯧! 이 무슨 변이람!

청설모 정말 마음씨 좋은 아줌마였는데.

다람쥐 나쁜 사람들 같으니라구!

재 록 (울먹이며) 형, 이제 우린 어떻게 살아?

재 갈 (재록의 손을 꼬옥 잡으며) 엄마는 반드시 돌아오실 거야. 그러니 기운 내, 재록아.

다슬기 (돌아서서 눈물을 훔치며) 에그, 불쌍한 것들. 올봄에 아비 잃고 또 이번에는 어미까지 잃었으니…….

청설모 그게 다 우리 동물들의 어쩔 수 없는 운명 아니겠소.

다람쥐 운명 치고는 너무도 가혹한 운명이지.

재 갈 (둘러보며) 어떻게 하면 엄마를 구해낼 수 있을까요?

재 록 (관중을 향하여 애원하듯) 저의 엄마를 좀 살려주세요. 네?

물매암이 쯧쯧! 눈물이 나서 못 보고 있겠군.

퉁사리 (휘적휘적 걸어 들어가며 혼잣말로) 여태껏 이 놀개울에 사람에게 잡혀가서 살아 돌아온 동물은 아무도 없었으니…….

동물들이 슬금슬금 물러가면, 무대에는 재갈과 재록만 남는다. 재록은 울다가 지쳤는지 재갈에게 기대어 잠이 들었다. 재갈이 살그머니 재록을 뉘어놓고 개울가 큰 바위 앞에 선다.

재 갈 (작은 손을 모아 쥐고 절을 하며) 제발 저의 엄마를 살려 보내주세요, 큰 바위 신령님!

재갈이 몇 번이고 절을 하며 엄마를 살려 보내달라고 빈다. 재록이 잠꼬대를 한다.

재 록 (잠꼬대로) 엄마…….

재 갈 (재록의 손을 살그머니 쥐고 눈물을 글썽이며)

재록아…….

이때 갑자기 두런두런 사람 소리가 들려온다. 깜짝 놀란 재갈이 재록을 안고 무대 한쪽으로 기어가 숨는다.

재 갈 (떨리는 목소리로) 어제 그 놈들이야! 엄마를 잡아간 놈들!

아이 1 (멀리서 소리만) 여기야, 이 개울이 틀림없어.

재 갈 요놈들! 우리 엄마를 잡아간 나쁜 놈들! 또 우리까지 잡으러 왔군.

아이 2 (겅중겅중 뛰어 들어오며) 그래, 맞아! 어서 넣어줘. (손에 깡통을 하나 들고 있다.)

재 갈 저 녀석들이 들고 있는 게 뭐지?

아이들이 깡통 속에서 무엇을 끄집어낸다.

재 갈 (깜짝 놀라며) 앗! 엄마다!

아이 1 어서 넣어.

아이 2 알았어.

재 갈 아! 엄마, 엄마가 살아 돌아오시다니!

아이 2 (가재를 물 속에 놓아주며) 미안하다, 가재야. 잘 살아라.

아이 1 다시는 너희들을 괴롭히지 않을게.

재 갈 (집게발로 몸을 꼬집어보며) 설마 이게 꿈은 아니겠지?

아이 2 저것 봐, 새끼들인가봐.

아이 1 살려주길 잘했다, 그지?

아이들이 한참 물 속을 들여다보고 있다가 팔딱팔딱 뛰어서 사라진다. 곧이어 엄마가재가 재갈과 재록을 부르며 달려 들어온다.

엄마가재 (황급히 들어오며) 재갈아! 재록아!

재 갈 (마주 달려 나가며) 엄마!

재 록 (놀라 깨어나서) 엄마!

엄마가재 오! 이렇게 너희들을 다시 만나다니!

엄마가재와 새끼들이 서로 한참을 부둥켜안고 기뻐서 운다.

재 갈 (눈물을 닦으며) 엄마, 어떻게 살아 돌아오셨어요?

엄마가재 (또다시 새끼들을 끌어안으며) 다시는 너희들을 못 보는 줄 알았다.

재 록 저 아이들이 순순히 엄마를 놓아주던가요?

엄마가재 처음에는 나를 장난감처럼 가지고 놀았지. 그러다가 자꾸 비실비실 기운을 잃어가는 나를 보고는 놀라 다시 이곳으로 데리고 왔단다.

재 갈 (고개를 갸웃하며) 그리 나쁜 아이들은 아닌가 보네요?

엄마가재 (고개를 크게 끄덕이며) 나도 내내 그 생각을 했다. 어쩌면 이제 사람과도 잘 지낼 수 있을 것 같은 생각이 드는구나.

재갈, 재록 (그 말에 좋아서 날뛴다.) 야호!

엄마가재 (웃으며) 그렇게 좋으니?

재갈, 재록 예!

매미 노랫소리가 다시 들려오기 시작하고, 다람쥐가 또 청설모에게 쫓겨 무대로 달려 나온다. 재갈과 재록도 신이 나서 그 뒤를 따라 달려가자, 언제 나왔는지 놀개울의 모든 동물들이 나와 무대를 뛰어다니며 좋아라 날뛰고, 관중석에 있던 아이들까지 무대로 올라와 춤추며 동물들과 어울린다. 평화스런 음악이 온 놀개울에 잔잔히 울려퍼진다.

서서히 막이 닫힌다.

즈믄 해의 동이 틀 때

■ 때 : 새천년의 아침

■ 곳 : 거실, 박물관, 대궐의 대전,

■ 나오는 이들 : 무덕, 혜숙, 아빠, 엄마, 강 박사, 왕, 왕비, 태자, 무덕왕자, 무력왕자, 이사부 장군, 신하1, 신하2, 신하3, 가야 병사1, 기야 병사2, 신라 병사1, 신라 병사2, 그 밖의 병사들과 신하들 다수.

1

막이 오르면 거실에서 엄마와 혜숙이 부지런히 가방을 챙기고 있다.

엄 마 (안을 향하여) 빨리들 나와요. 덕아. 얘, 무덕아!

아 빠 (안에서 나오며) 나는 다 됐소.

엄 마 무덕이 좀 불러보세요. 원 애가, 왜 저리 꾸물대는지.

아 빠 내가 들어가보리다.

아빠가 막 방으로 들어가려는 데 무덕이가 나온다.

무 덕 (퉁명스럽게) 꼭 가야 돼요? 나는 별론데…….

아 빠 무슨 소리니? 내일이면 새천년이 열리는데, 이렇게 방안에 앉아서 천년해를 맞아서야 되겠니?

무 덕 새천년, 새천년! 도대체 새천년이 어쨌다는 거예요? 오늘과 똑같은 내일일 텐데.

아 빠 (안타까운 듯) 그렇지 않단다, 무덕아. 분명히 새천년의 첫날인 내일은 오늘과는 다르단다.

무 덕 모르겠어요. 난 그냥 집에서 만화책이나 보고 있는 게 좋은데…….

혜 숙 오빠, 왜 그래? 박물관으로 들러서 내일 새벽 해돋이를 구경하면 얼마나 멋지겠어? 나는 생각만 해도 가슴이 뛰는데.

무 덕 기집애가 뭘 안다고 지껄이니? 그렇게 좋으면 너나 가렴.

아 빠 (엄하게) 너, 동생에게 무슨 말버릇이냐? 어서 준비하고 나오지 못해!

무덕이 시무룩해서 안으로 들어간다.

엄 마 (아빠를 보고) 너무 나무라지 마세요. 기분 상한 일이라도 있나보죠.

아 빠 (화난 목소리로) 도대체 의욕이 없고 용기도 없어. 씩씩하게 자라라고 이름까지 무덕이라 지었는데…….

엄 마 아직 어린데 뭘 알겠어요? 차차 크면 나아지겠죠.

아 빠 새천년이 온다고 모두가 들떠서 난린데 어떻게 아무런 감동이 없을 수가 있지?

엄 마 그래서 그 앨 데리고 새천년을 맞으러 나가려는 것 아니에요? 나가 보면 무덕이 마음도 바뀌게 될 거예요.

무덕이가 옷을 갈아입고 나온다.

아 빠 자, 어서 출발하자. 박물관장인 강 박사가 기다리겠구나.

온 가족이 서둘러 나가면 암전된다.

2

무대가 밝아지면 박물관 안이다. 무덕과 혜숙은 돌아다니며 유물들을 구경하고, 아빠와 엄마는 강 박사와 애기를 나누고 있다.

강박사 자네가 이곳엘 다 오고……. 역시 사람은 오래 살고 볼 일일세.

아 빠 이 사람아, 무슨 소린가? 김수로왕의 71세손인 내가 오늘 같은 날 이곳에 안 오면 누가 오겠나?

강박사 하하, 여전하시군. 가야국 김수로왕의 71세손이 새천년을 맞으러 이곳 김해박물관을 찾았다……. 듣고 보니 의미 있는 일일세 그려.

엄 마 이 이는 그저 김수로왕의 71세손밖에 모른답니다.

강박사 빛나는 선조에 자랑스런 후손이지요.

무덕과 혜숙이 여러 유물들을 구경하다가 고대 의상 앞에서 발걸음을 멈추고 신기한 듯 바라보고 있다.

강박사 (무덕을 바라보며) 자네 뜻대로 무덕이는 씩씩하게 자라겠지?

아 빠 (다소 어정쩡하게) 으응, 그런데 어쩐지 좀…….

강박사 너무 서두르지 말게. 때가 되면 다 좋아질 걸세.

아 빠 그럴까…….

강박사 (아이들에게 다가가며) 신기하니? 이것은 옛날 가야국 병사들이 입던 옷이란다.

무 덕 멋진데요!

아 빠 (의외라는 듯) 웬 일이니? 네가 관심을 가지는 게 다 있고…….

강박사 그렇게 신기하면 한 번 입어보렴.

무 덕 (좋아서) 정말 입어봐도 돼요?

강박사 (옷걸이에서 옷을 벗겨내며) 특별히 네게만 허락하는 거야.

강 박사, 무덕에게 옷을 입히고는 옆에 있는 투구도 씌워준다.

강박사 오! 영락없는 가야 병사로구나.

아 빠 (웃으며) 멋진데!

엄 마 어머, 씩씩한 가야 병사!

혜 숙 (투구를 벗기려고 하며) 오빠, 나도 한 번 써봐.

무 덕 안 돼. 넌 좀 빠져.

혜 숙 아이, 오빠!

무덕이 혜숙을 피해 달아나고, 혜숙은 무덕을 붙들려고 달려간다. 둘이서 키득거리며 기둥 사이를 요리조리 빠져다니다가 무덕이 박물관 기둥에 머리를 부딪치며 쓰러진다.

무 덕 아!

엄 마 (놀라 달려가며) 무덕아!

놀란 엄마가 달려가 쓰러져 있는 무덕을 일으키고 아빠와 강 박사가 달려가면서 무대, 서서히 암전된다.

3

병사들의 함성과 비명, 말발굽 소리 등으로 한동안 시끄럽다가 무대가 밝아진다. 어느덧 대전 안 어전회의 장면이다. 왕이 옥좌에서 일어났다 앉았다 하며 안절부절못한다. 이때, 가야 병사 복장을 한 무덕이 허겁지겁 무대 안으로 뛰어들다가 깜짝 놀라며 기둥 뒤에 몸을 숨기고 상황을 엿본다.

왕 (놀라 옥좌에서 일어나며) 뭐라고? 이타 장군이

진례성 전투에서 패했다고?

병사 1 (엎드린 채로 울먹이며) 그러하옵니다, 대왕마마! 이타 장군은 결사 대 천오백 명을 이끌고 진례성에서 신라군을 맞아 용감히 싸웠으나, 워낙 적군의 수가 많아 지켜내지 못하고 마지막 한 명까지 모두 장렬히……, 흑흑.

왕 (가슴을 치며) 한 가닥 믿었던 이타 장군마저 전사하고 말았으니 이제 절망뿐이로다. 오호라! 오백 년 사직이 내 대에 와서 결국 망하고 마는구나! 으흐흐흐.

신하들 (모두 엎드려 울며) 황공하옵니다, 마마. 흐흐흐흐흑…….

왕 (눈물을 닦으며) 그래, 이 일을 장차 어떻게 하면 좋겠소?

신하들 …….

이때, 멀리서 함성 희미하게 들려오는 가운데 병사 한 명이 헐레벌떡 뛰어 들어와 엎드려 고한다.

병사 2 적군이 도성을 뛰어넘어 대궐을 향하여 물밀듯이 밀려오고 있습니다.

왕 (털썩 주저앉아 땅을 치며) 하늘이 가야 왕국을 기어이 버리고 마는구나!

왕 비　(왕을 감싸 안으며) 마마! 흐흐흐흑…….

신하들　황공하옵니다, 마마. 으흐흐흐흐흑…….

왕　(옥좌에 앉으며) 울지들 마시오. 울지 말고 어떻게 하면 좋을지 방도나 말씀해보시오.

신하 1　일단 옥체를 보존하셨다가 후일을 도모하심이…….

왕　(옥좌에서 벌떡 일어나며) 날더러 도망을 치라 이 말이요?

신하 1　황공하옵니다, 마마.

신하 2　옥체를 피하시기에도 이미 늦었사옵니다. 적군이 코앞에 몰려왔는데 어디로 피하겠사옵니까?

왕　(다시 옥좌에 털썩 주저앉으며) 이 일을 어찌 할꼬…….

신하 3　(결심한 듯이) 일이 이 지경에 이르렀으니, 이제 방법은 두 가지밖에 없는 줄로 아옵니다.

왕　무엇이오? 어서 말해보시오.

신하 3　하나는, 온 백성이 마지막 한 사람까지 끝까지 싸우다가 죽는 것이요, 또 하나는…….

왕　또 하나는?

신하 3　또 하나는……, 으흐흐흐흑, 대왕마마! 차마 신의 입으로는 말할 수 없나이다.

말을 잇지 못하고 엎드려 울자, 모두 따라 통곡한다. 한동안 통곡소리가 온 대궐에 퍼진다.

왕 (차분한 어조로) 무슨 말인지 알겠소. 모두 울음을 그치시오.

신하 3 신을 죽여주시옵소서 마마.

신하들 죽여주시옵소서.

왕 왕자들은 어디 있느냐? 왕자들을 모두 부르라.

모두 우왕좌왕하는 가운데, 신하 한 명이 급히 왕자를 부르러 나가다가 기둥 뒤에 어정쩡하게 서 있는 무덕을 발견하고 화를 낸다.

신하 1 (화난 목소리로) 뭐 하는 병사냐? 어서 가서 왕자님들을 모셔오지 않고.

무 덕 (당황해서) 아, 그, 저, 나는…….

그때, 마침 왕자들이 바로 옆문으로 우르르 몰려들어오며 통곡한다.

왕자들 (바닥에 쓰러지며) 아바마마! 으흐흐흐흐흑…….

왕 (측은한 눈으로 한동안 바라보다가) 태자야! 그리고 무덕아, 무력아, 울지 말고 내가 하는 말을 잘 듣도록 하여라.

태 자 (울먹이며) 말씀하시옵소서, 아바마마.

왕 내 한 몸 살아남기 위해서 이 길을 택한 것은 아니다. 일이 이 지경에 이르렀으니 죄 없는 백성들을 살리는 길은 이 길밖에 없구나. 나는 지금 오백 년 사직을 들어 신라에 항복하고자 결심하였노라.

왕자들 (머리를 땅에 박으며) 아바마마! 흐흐흐흐흑…….

신하들 (땅을 치며) 대왕마마! 으흐흐흐흐흑…….

모두 땅을 치며 통곡한다. 이때, 무덕 왕자가 벌떡 일어나더니 분연히 외친다.

무덕왕자 안 됩니다! 항복이라니요. 어떻게 세우고 지켜온 이 나란데 그리 쉽게 항복을 한단 말입니까? 소자는 죽음으로써 이 왕국과 운명을 같이 할 것입니다.

왕 (타이르듯) 무덕아, 네 심정을 왜 모르겠느냐? 그러나 지금 적과 싸운다는 건 달걀로 바위를 치는 것과 같으니 목숨을 보전하였다가 훗날을 도모함만 못하리라.

무덕왕자 비겁하게 목숨을 보전하느니 차라리 싸우다 죽기를 원하나이다.

왕 네 한 몸 죽는다고 될 일이냐? 허면 만백성을 어이 할꼬…….

무덕왕자 무릇 외침을 받아 멸망한 나라가 역사상 어찌 한둘이겠습니까? 그러나 항복하여 목숨을 구걸 한 자는 역사 속에 부끄러운 이름을 남기고, 끝까지 싸우다 죽은 백성은 비록 나라는 멸망했을지라도 그 정신만은 살아서 청사에 빛나고 있지 않습니까? 우리 가야 백성들은 모두 죽어서 살기를 원할 것입니다.

왕 (바닥에 쓰러지며) 무덕아! 으흐흐흐흐흑…….

이때, 병사들의 함성 더욱 크게 들리며 바깥이 소란해지더니 칼을 빼어든 적장이 수명의 병사들과 함께 대전으로 뛰어든다. 대궐의 수비병 몇이 맞서 싸워보지만 모두 칼을 맞고 쓰러진다.

이사부장군 (칼을 치켜들고) 구형왕은 어디 있느냐? 어서 나와 이사부의 칼을 받으라! (병사들에게) 대항하는 자는 한 칼에 베어버려라.

신라 병사들이 칼을 빼어들고 설치자 모든 신하들이 두려워서 벌벌 떤다.

왕 (천천히 일어나 적장 앞으로 걸어 나가며) 내가 구형왕이오. 이미 항복을 결심하였으니 장군은 관대한 아량으로 우리 백성들을 살려주시오.

이사부장군 (싸늘하게 웃으며) 좋소. 대항하지 않는다면 구태여 피를 흘리고 싶지는 않소. (병사들에게) 가야 왕과 왕비, 왕자들, 그리고 모든 대신들을 하나도 남김없이 끌고 가라!

신라병사들 (씩씩하게) 예!

신라 병사들이 왕과 왕비, 왕자들, 대신들을 붙잡아 끌어내자 대궐 안은 삽시간에 울음바다로 변한다. 이에 무덕 왕자는 칼자루를 쥐고 치욕과 분노에 몸을 떤다.

왕 (끌려나가며 무덕 왕자에게) 무덕아, 부디…….

무덕왕자 (눈물을 훔치며) 아바마마!

이사부장군 (무덕 왕자를 칼끝으로 가리키며) 오! 네가 바로 그 용감하다던 무덕 왕자로군! 항복하는 자는 항복하는 자답게 굴어야지, 태도가 건방지구나. (병사들에게) 여봐라! 저 녀석도 어서 끌고 가라!

병사들이 우르르 무덕 왕자에게 달려들자 무덕 왕자가 칼을 빼어들고 소리친다.

무덕왕자 (당당한 목소리로) 가까이 오지 마라! 비록 힘이 없어 나라가 너희 신라의 말발굽에 짓밟히고 말았다만, 나는 자랑스러운 가야의 왕자다. 나를 산 채로 끌고 가지는 못하리라!

이사부장군 (한 발 가까이 다가서며) 음! 역시 듣던 대로 용감한 왕자로군! 그러나 네 혼자 무얼 하겠다는 거냐? 목숨이 아깝지 않느냐?

무덕왕자 하하하, 목숨이 아깝지 않느냐고? 장부가 나라를 위하여 싸우는 마당에 어찌 죽음을 두려워하랴. 단지 치욕스런 이름을 후세에 남길까 오직 그것이 두려울 뿐이다.

이사부장군 흐음! 기개와 용기가 가상하니, 너의 명예는 지켜주마. 자, 각오해라!

이사부 장군이 칼을 쳐들고 다가가자, 무덕 왕자도 칼을 고쳐 잡고 맞선다. 두려우면서도 무엇에 홀린 듯 꼼짝하지 못하고 기둥 뒤에서 이 광경을 무덕이가 지켜보고 있다. 무덕 왕자가 적장을 상대로 용감히 싸워보지만 아무래도 당하기 어려운지 자꾸 뒤로 밀려난다. 이윽고 무덕 왕자가 외마디 소리와 함께 피를 흘리며 쓰러지자, 무덕이도 깜짝 놀라며 한 발 뒤로 물러난다.

무덕왕자 (칼을 치켜든 이사부 장군을 보고) 어서 그 칼로 한 번 더 나를 내리쳐라. 이제 나는 죽어서 영원히 가야인으로 살아남을 것이다.

이사부장군 (감탄한 듯) 적이지만 장하구나! 네 소원대로 명예롭게 죽여주마. 에잇!

무덕 왕자가 장렬히 죽자, 이를 낱낱이 지켜보던 무덕이 어쩔 줄 몰라 허둥댄다. 이 모습을 신라 병사가 발견하고 소리친다.

신라병사1 (무덕을 잡아 끌어내며) 여기 또 한 녀석이 숨어 있습니다.

이사부장군 (무덕에게) 너는 웬 놈이냐?

무　덕 (벌벌 떨며) 아, 예, 저, 나는…….

신라병사2 대궐의 수비병인 것 같습니다.

이사부장군 보아하니 아직 어린것 같은데 항복하면 살려주겠노라. 항복하겠느냐?

무　덕 (말을 더듬거리며) 나, 나, 나는 가야 병사가 아니라 대, 대, 대한민국…….

이사부장군 (의아한 듯) 가야 병사가 아니라니? 그러면 신라 병사더냐?

무　덕 나는 가야 병사도 신라 병사도 아니고, 대한민국 국민입니다.

이사부장군 (더욱 의아한 듯) 대한민국 국민이라고? 그런 나라가 이 세상에 어디 있다고……? (갑자기 칼을 빼어들며) 이 놈이 감히 나를 놀리는구나!

무 덕 (당황하며) 노, 노, 놀리는 것이 아닙니다. 나는 지금부터 천오백여 년 후의 미래 국가에서 왔습니다.

이사부장군 미래 국가?

무 덕 아, 예! 박물관에서 놀다가 실수로 그만……. 미래 국가인 대한민국에서는 가야도 신라도 모두 자랑스런 우리 민족입니다.

이사부장군 박물관? (병사를 돌아보며) 도대체 이 녀석이 무슨 말을 지껄이는 게냐?

신라병사1 (칼을 치켜들고) 아마 미친 녀석 같습니다. 단칼에 베어버릴까요?

이사부장군 (손으로 제지하고는) 한마디로 대답해라. 항복해서 신라의 병사가 되겠느냐? 아니면 가야 병사로 죽겠느냐?

무 덕 나는 가야 병사도 신라 병사도 아니고 대, 대한민국…….

이사부장군 (칼끝을 목에 들이대며) 다시 한 번 묻겠다. 항복이냐? 죽음이냐?

무 덕 으흐흐흐……!

이사부장군 (뒤로 돌아 두어 발걸음 걸어가며) 음! 무슨 사연이 있긴 있는 모양이구나. 그러나 전장에서는 항복과 죽음만이 있을 뿐! (홱 돌아서서 다시 칼을 들이대며) 자, 마지막으로 대답해라.

항복이냐? 죽음이냐?

무 덕 (결심한 듯 고개를 들고) 나는 가야 병사도 신라 병사도 아니지만, 무슨 이유에서든 항복은 할 수 없소. 차라리 나를 죽이시오!

이사부장군 (조금 생각하더니) 할 수 없군! 어쩐지 살려주고 싶다만, 뜻이 정히 그러하다면……, 나를 원망하지는 마라.

무 덕 (눈을 감고 작은 소리로) 아, 엄마!

이사부 장군이 치켜든 칼을 "에잇" 하고 내리치면, 그와 동시에 암전된다.

4

무대 밝아지면, 거실 바닥에 누워 있던 무덕이 깜짝 놀라며 벌떡 일어나 앉는다. 걱정스럽게 지켜보고 있던 엄마, 아빠, 강 박사가 반가워서 서로 바라보며 안도의 숨을 쉰다.

엄 마 (무덕의 손을 잡고) 무덕아! 이제야 정신이 드는구나.

아 빠 괜찮니? 무덕아, 무슨 꿈을 꾸는지 계속 헛소리를 하고…….

강박사　원, 녀석! 하마터면 큰일 날 뻔했구나.

무　덕　(한동안 멍하니 앉아 있다가) 아빠! 무덕 왕자가 누구예요?

아　빠　으응? 무덕 왕자? 무덕 왕자는 무예와 용맹이 뛰어났던 가야의 마지막 왕자였지. 가야가 멸망할 때 항복하지 않고 끝까지 싸우다가 죽은 용감한 왕자였단다.

무　덕　아빠가 왜 제 이름을 무덕이라 지었는지 이제야 알겠어요.

아　빠　(반가워서) 오! 그래! 무덕 왕자를 닮아 씩씩하고 활기차게 자라라고 네 이름을 무덕이라 지었지.

무　덕　그러니까 아빠가 김수로왕의 71세손이면, 저는 72세손이 되겠네요?

아　빠　(대견한 듯) 그렇지, 그렇고 말고. 내가 71세손이니까 너는 당연히 72세손이지!

무　덕　(아빠의 손을 꼭 잡으며) 이제 조금 알 것 같아요. 후손이 조상과 어떻게 연결되어 있는지를……. 제 몸 속에 씩씩한 가야인의 피가 흐르고 있는 것을 느껴요.

아　빠　(감격하며) 오! 우리 무덕이가 한숨 자고 일어나더니 완전히 새 사람이 되었는걸.

강박사　하하하, 그 아버지에 그 아들이라……, 역시 피는 못 속이는군.

아 빠 (기분이 좋아서) 그러니까 부전자전 아닌가.

엄 마 (무덕의 등을 쓰다듬으며) 마치 네가 역사 속으로 들어갔다 나온 것 같구나.

무 덕 박사님, 지나간 일만 역사인가요?

강박사 아니지. 역사란 과거가 현재에 녹아 있는 거란다. 오늘 우리가 서 있는 이곳이 바로 역사의 현장이지. 하루하루를 최선을 다해 살아가는 것이 곧 역사에 대한 의무라고나 할까…….

무 덕 (벌떡 일어나며) 아빠! 새천년의 의미를 이제야 알겠어요. 이제 제가 어떻게 살아야 할지도 알겠고요.

아 빠 (감격해서) 무덕아!

그때 혜숙이 뛰어 들어오며 소리친다.

혜 숙 (상기된 표정으로) 아빠! 천년해가 곧 솟아오르려나봐요. 동녘 하늘이 벌겋게 빛나고, 사람들이 구지봉으로 막 몰려 올라가고 있어요.

아 빠 (반기며) 오! 그래?

무 덕 (들뜬 목소리로) 아빠, 엄마, 박사님! 우리도 어서 구지봉으로 올라가야지요.

엄 마 (기쁨을 감추지 못하고) 그래, 어서 올라가자꾸나.

강박사 (뒤따라나가며 기원하듯 읊조린다.)

일찍이 아시아의 황금 시기에
빛나던 등촉의 하나인 코리아
그 등불 다시 한 번 켜지는 날에
너는 동방의 밝은 빛이 되리라.

무덕, 혜숙, 아빠, 엄마, 강 박사 모두 서둘러 나가면, 희망찬 음악 소리가 흘러나오며 서서히 막이 내린다.

마음을 활짝 열고

■ 때 : 요즘

■ 곳 : 학교 주변

■ 나오는 이들 : 태호, 용감이(개), 민규, 지수, 동식, 호성, 지혜, 미숙, 민희, 어머니, 선생님, 의사 선생님, 병사 2~3명.

1

막이 열리면 사내아이들 서너 명이 떠들썩하게 뛰어나오며 인형 하나를 들고 야단법석이다. 그 뒤를 여학생 두세 명이 소리치며 따라나온다.

민 규 (인형을 높이 치켜들고) 야! 요 못난 얼굴 좀 봐라. 어쩜 요렇게 공주병 걸린 미숙이를 그대로 쏙 빼닮았냐?

호 성 헤헤, 잘난 체하는 모습까지 꼭 그대론데.

지 혜 무슨 짓이야, 너희들. 빨리 이리 내.

미 숙 (앙칼지게) 정말 이리 못 주겠니?

동 식 (인형을 받아들고 공중으로 던져올리며 비꼬는 말투로) 왜 이러실까? 고상하신 공주님께서 요만한 일로 그렇게 화를 내셔서야 되겠습니까?

미 숙 (인형을 빼앗으려고 동식에게 달려들며) 못된 자식들! 빨리 이리 내, 어서!

동 식 (인형을 지수에게 던지며) 헤이, 패스.

지 수 오케이, 자 패스.

민 희 야! 너희들 정말 이러면 우리 화낸다.

민 규 어쭈, 화 내보시지. 누가 겁낼 줄 알고.

여학생들은 계속 인형을 빼앗으려고 달려들고, 사내아이들은 인형을 이리저리 던지며 여학생들을 놀린다.

미 숙 (갑자기 고함을 꽥지르며) 야! 이 머저리, 등신, 바보! 누가 너희들 문제아 아니랄까봐 이러니?

미숙이 화난 발걸음으로 탁 탁 소리를 내며 나간다.

호 성 (충격을 받은 듯이) 뭐, 문제아?

지 혜 그래, 너희들이 문제아가 아니면 그럼 누가 문제아겠니? (미숙을 따라나가며) 미숙아, 얘 미숙아!

놀려대던 아이들이 동작을 멈추고 서로를 쳐다본다.

동 식 (나가는 지혜의 등에 대고 고함을 지른다.) 그래! 우리는 문제아다. 어쩔래?

민 규 (쥐고 있던 인형을 홱 던지며) 뭐 저따위 기집애들이 다 있어, 정말.

민 희 (인형을 집어서는 지혜의 뒤를 따라나가며) 흥! 너희들 어디 두고 봐. 내일 선생님께 낱낱이 이르고야 말 걸!

지 수 에이, 재수 없어. 저런 기집애들한테 문제아 소리를 다 듣고.

동 식 야, 기분 잡쳤다. 가자.

아이들이 투덜거리며 몰려나간다. 그때 개 한 마리가 절뚝거리며 들어온다.

민 규 어라, 이게 뭐야?

호 성 절름발이 개잖아?

동 식 뭐 이런 게 다 있어, 기분 나쁘게.

지 수 심심한데 잘됐다. 어디 한 번 맛 좀 봐라. (갑자기 절름발이 개의 배를 걷어찬다.)

갑자기 배를 걷어 채인 절름발이 개는 깨갱거리며 달아난다. 아이들이 재미있는지 계속 개를 쫓자, 심하게 절뚝거리며 달아나던 개가 중심을 잡지 못하고 쓰러진다. 아이들이 깔깔대며 웃는다.

지 수 아하하하하! 재미있다. 요놈의 개 정말 웃기는데.

동 식 절뚝거리며 걷는 것이 꼭 태호 녀석 걷는 것 같애.

민 규 맞아. 그 절름발이 태호! 나는 그 자식과 한 반이라는 게 도무지 기분 나빠.

호 성 나도 그래. 그 자식 걷는 것 생각만 해도 우스워.

지수가 태호를 흉내 내어 절뚝거리며 걷자, 다른 아이들도 깔깔거리며 따라걷다가 "에잇!" 하고 떨고 있는 개의 배를 걷어찬다. 개는 다시 달아나며 울부짖고, 아이들은 웃고 떠들면서 계속 쫓아가며 괴롭힌다. 그때 태호가 나타나 그 광경을 바라본다.

태 호 (악을 쓰듯) 그만해, 제발!

아이들이 깜짝 놀라 바라본다.

민 규 (놀랐다는 듯이) 어쭈! 호랑이도 제 말하면 온다더니 정말 나타나셨잖아.

호 성 (한 발 다가서며) 왜? 우리 노는 데 네가 참견할 일이라도 있니? 아니꼽게.

태 호 제발 그만해, 너희들. 그 개가 불쌍하지도 않니?

지 수 (우습다는 듯이) 불쌍하기는 뭐가 불쌍해? 쓸데없이 끼어들지 말고 넌 좀 빠져.

태 호 (떨고 있는 개를 가로막으며) 이러지 마. 이 개가 너희들을 물기라도 했니? 왜 가만히 있는 개를 괴롭히니?

호 성 (태호의 가슴을 툭 치며) 기분 나쁘잖아 임마! 너처럼.

민 규 야, 너랑 형제간이니? 서로 똑같이 절뚝거리게.

태 호 (주먹을 불끈 쥐고) 이 자식이!

민 규 어쭈! 때려봐, 때려봐, 병신 주제에 …….

태호, 분을 참지 못하고 절뚝거리며 민규에게 달려들어 주먹으로 친다.

민 규 (엉겁결에 한 대 얻어맞고 주춤하다가) 이게, 쳤어!

둘이서 뒤엉켜 뒹굴며 싸운다. 민규가 태호 배를 깔고 앉아 마구 때리자 태호가 비명을 지른다. 그때 구석에 웅크리고 있던 개가 갑자기 민규에게 달려들어 마구 물어뜯는다. 깜짝 놀란 민규가 일어나 달아나고 개가 다른 아이들에게도 달려들자 아이들이 비명을 지르며 모두 달려나간다. 개가 태호에게 다가가자 태호가 개의 목을 끌어안고 쓰다듬는다.

태 호 (개를 쓰다듬으며) 고맙다, 용감아. 네 이름이 뭔지 몰라도 이제부터 널 용감이라고 부를게.
용감이 (연신 태호 손등에다 얼굴을 비비며) 낑 낑낑!
태 호 (용감이의 절뚝거리는 발을 쓰다듬으며) 어쩌다가 넌 또 이렇게 되었니? 이 불편한 발을 이끌고 얼마나 힘들게 살아왔니?
용감이 끼깅 낑 낑낑!
태 호 아마 주인이 널 버렸나보구나. 갈 곳이 없다면 내가 널 데려갈게. 그래도 되겠니?

용감이 (고맙다는 듯이) 끼깅 낑!

태 호 그래, 이제 걱정하지 마. 이제부터 내가 널 보살펴줄게. (일어서며) 자, 우리집으로 가자.

그때 지혜, 미숙, 민희가 나오다가 개를 데리고 있는 태호를 보고 가까이 간다.

지 혜 (태호에게 다가가며) 웬 개니?

미 숙 어머, 참 순하게 생겼다. 어디서 났니?

태 호 으응, 버려진 갠가봐. (절름발이 다리를 만지며) 한쪽 다리를 쓰지 못해.

민 희 (안 됐다는 듯이) 가여워라.

태 호 이제부터 내가 돌봐주기로 했어. 이름을 용감이라고 지어주었어.

지 혜 참 멋진 이름이구나.

미 숙 우리도 함께 보살펴줄게.

여자아이들이 주위에 둘러앉아 용감이를 쓰다듬는다. 용감이도 기쁜 듯이 낑낑거리며 아이들 손등에 얼굴을 마구 비빈다. 그때 바깥이 떠들썩해지며 사내아이들이 몰려나온다. 손에 모두 몽둥이를 들고 있다.

호 성 (두리번거리며) 어디 갔어? 그 놈의 미친개.

민 규　사람을 무는 그런 미친개는 몽둥이로 때려잡아야 돼!

태호가 용감이의 앞을 가로막고 선다.

미 숙　너희들 왜 이러니?
지 혜　왜, 왜 이러니? 몽둥이까지 들고.
민 희　무슨 일인지 모르지만 말로 해, 제발.
동 식　(여자아이들을 밀쳐내며) 저리 비켜!
민 규　(태호를 노려보며) 야, 태호! 좋은 말 할 때 비켜!
태 호　못 비켜! 절대로 못 비켜! 용감이를 치려거든 차라리 나를 쳐.
지 수　뭐? 용감이? 저 따위 미친개가 용감이야? 하하, 웃기는군.
태 호　말 함부로 하지 마. 용감이는 미친개가 아냐. 순하고 영리한 개라구.
민 희　(앞으로 나서며) 그래, 맞아. 용감이는 순한 개야.
민 규　(민희를 제치며) 저리 비켜! 알지도 못하면서 끼어들지 마.
미 숙　대체 저 개가 너희들에게 뭘 잘못했다고 그러니?
동 식　저 놈은 미친개야. 우릴 마구 물었다구.
태 호　아니야. 너희들이 먼저 용감일 괴롭혔잖니?
민 규　여러 말 할 것 없어. 다치고 싶지 않으면 빨리 비켜!

민규가 태호를 우악스럽게 밀친다. 태호가 저만큼 나가 떨어지자 여자아이들이 놀라며 달려가 일으킨다. 아이들이 몽둥이를 들고 한 발 한 발 다가가자 빠져나갈 구멍이 없는 용감이는 어쩔 줄 몰라 허둥대고, 민규가 떨고 있는 용감이를 몽둥이로 내려치는 순간, 태호가 "안 돼!" 하며 몸을 날려 용감이를 감싸안는다. "아악!" 하는 외마디 비명과 함께 태호가 쓰러지자, 아이들 모두 경악하며 어쩔 줄 몰라 한다.

미 숙 (놀라며) 어머! 이를 어째! 피, 피야. 저 피 좀 봐.
민 규 (어쩔 줄 몰라 하다가 태호를 붙잡고 흔들며) 태호야! 태호야! 태호야!
지 수 이러고 있을 때가 아냐. 빨리 내 등에 업혀!

지수가 태호를 들쳐 업고 나가자 겁에 질려 울먹이는 아이들이 태호를 계속 부르며 몰려나간다. 그 뒤를 용감이가 절뚝거리며 따라나가면 서서히 암전된다.

2

무대가 밝아지면 왕관을 쓴 태호가 중앙 옥좌에 앉아

있고 창과 칼 등으로 무장한 병사 서너 명이 둘레에 서 있다.

태 호 (화난 목소리로) 아직도 그 녀석들을 잡지 못했느냐?

병 사 (송구스럽다는 듯이) 용감 장군이 군사를 데리고 떠났으니 곧 그 자들을 잡아올 것입니다. 조금만 더 기다리시옵소서.

태 호 (옥좌에서 벌떡 일어나 절뚝절뚝 걸어나오며) 에잇! 괘씸한 놈들! 잡히기만 해봐라. 박살을 내고 말 테다.

태호가 화가 나서 어쩔 줄 모르겠다는 듯이 절뚝거리며 이리저리 돌아다닌다. 그때 용감이가 절뚝거리며 민규와 동식, 호성, 지수를 묶어서 끌고 들어온다.

용감이 (우렁차게) 대왕마마! 이 자들을 모두 잡아왔나이다.

태 호 (아이들을 하나하나 훑어보며) 잘했다. 이 녀석들을 모두 꿇어앉혀라.

용감이 예!(아이들을 바닥에 꿇어앉힌다.)

태 호 (옥좌에 가 앉으며) 못 된 녀석들! 약한 자를 괴롭히고 몸이 불편한 사람들을 마구 놀린 너희들의 죄는 죽어 마땅하다. 그러나 그동안 너희들과 함께 지낸 우정을 생각해서 네 놈들도 나나 용감이와 똑같은 장애인으로 만들어주겠노라. 너희들도 평생을 고통 속에서 한번 살아봐라.

아이들이 두려움에 떨며 서로를 바라본다.

용감이 (참 잘한다는 듯이) 참으로 지당한 말씀이십니다, 마마. 저런 나쁜 녀석들에게는 장애인의 고통이 어떤 것인지 직접 맛보게 해야만 합니다.

민 규 (손을 싹싹 빌며) 태호, 아 아니 대왕마마! 한 번만 용서해주십시오. 다시는 그러지 않겠습니다.

모두 울먹이며 엎드려서 한 번만 용서해달라고 빈다.

태 호 (단호하게) 듣기 싫다!

태호, 옥좌에서 일어나 호위 병사의 칼을 쑥 빼어든다. 그리고는 절뚝거리며 아이들에게로 다가가자 아이들 모두 겁에 질려 어쩔 줄 모른다.

태 호 (주위를 둘러보며) 저 놈들의 다리를 꼼짝 못하게 붙들어라. 한 놈 한 놈 처치하겠다.

병 사 예!

병사들이 우르르 달려들어 아이들을 꼼짝 못하게 붙들고는 다리를 쭉 펴놓는다.

태 호 (칼을 높이 들고) 자, 각오해라!

호 성 (다급한 목소리로) 제, 제발 용서해줘. 다시는 안 그럴게.

태 호 (코웃음 치며) 흥! 이제 와서 용서해달라고? 어림 없다, 에잇!

막 칼을 내리치려는 순간, 안쪽에서 엄마가 뛰어나온다.

엄 마 (황급히 뛰어나오며) 안 된다! 칼을 멈추어라, 태호야!

태 호 (멈칫하며) 아니, 엄마! 여긴 왜 나오셨어요?

엄 마 (태호를 붙들고) 태호야, 이게 무슨 짓이냐? 네가 놀림을 받았다고 남들도 너처럼 만들겠다니, 대체 그런 법이 어디 있니?

태 호 엄마. 엄마도 아시다시피 그동안 제가 얼마나 시달림을 받아왔어요? 엄마는 억울하지도 않으세요? 저는 꼭 그 빚을 갚아야겠습니다.

엄 마 (태호의 손을 잡고 애원하듯) 제발 그 생각을 버려라. 화해와 용서만이 이 세상을 진정으로 아름답게 가꾸어갈 수 있다는 것을 왜 모르니?

태 호 (엄마 손을 뿌리치며) 비키세요, 엄마. 저 녀석들도 저와 똑같이 한평생 상처를 안고 살아가게 만들어야 해요.

엄 마 (태호를 더욱 꽉 잡으며) 태호야, 그동안 이 어미 가 얼마나 가슴 아프게 살아왔는지 생각한다면 제발 이러지 마라. 저 아이들 부모의 가슴에도 모두 못을 박을 작정이냐?

태 호 (괴로운 듯) 아! 엄마…… (칼을 떨어뜨리고 꿇어 앉아 엄마를 붙들고 엉엉 운다.)

엄 마 (태호의 머리를 쓰다듬으며) 울지 마라, 태호야. 몸에 장애가 좀 있다고 그렇게 절망할 건 없단다. 그보다는 마음에 장애가 있는 자들이 더 가엾지 않겠니?

태 호 (더 크게 울며) 엄마, 그래도 전 괴로웠어요. 그동안 제가 얼마나 힘들게 살아왔는지 엄마도 잘 아시잖아요?

엄 마 (눈물을 훔치며) 그래그래, 네 마음 다 안다. 그러나 이제 그만 잊어버리고 새롭게 시작하거라. 언제까지나 그렇게 괴로워만 하며 살아갈 수는 없지 않겠니? 세상을 향해 네가 먼저 손을 내밀어보렴. 그러면 누군가가 네 손을 잡아줄 테니까.

태호가 엄마를 붙들고 한없이 흐느낀다.

엄 마 (아들의 우는 모습을 안타깝게 지켜보다가 조용한 목소리로) 태호야, 이제 그만 눈물을 그치려무나.

태 호 (한참을 흐느끼다가 일어나 눈물을 닦으며 힘차게) 네, 엄마! 엄마 말씀대로 이제부터 마음의 문을 활짝 열고 누구에게나 웃으면서 먼저 손을 내밀게요. 저 푸른 하늘처럼 가슴이 넓은 사람이 되겠습니다. (주위를 둘러보며) 여봐라! 저 친구들을 어서 풀어줘라!

병 사 예!

포승을 풀어주자 아이들이 고마워하며 모두 퇴장한다. 경쾌한 음악이 고조되었다가 줄어들면서 서서히 암전된다.

3

어둠 속에서 소리만 들린다.

소리 1　어쩌지? 정말 태호가 깨어나지 않으면 어쩌지?

소리 2　아! 내가 잘못했어.

소리 3　그동안 너희들이 얼마나 태호를 괴롭혀왔는지 이제야 알겠니?

소리 4　별다른 감정은 없었어. 저, 정말이야, 그냥 장난으로 …….

소리 5　장난으로 던진 돌멩이에 개구리가 맞아죽는다는 걸 모르니?

소리 6　잘못했어, 정말. 우리가 잘못했어.

소리 1　그 개에게도 괜히 우리가 절름발이 개라고 업신여기며 발로 찼지.

소리 7　그나저나 태호가 빨리 깨어나야 할 텐데 …….

소리 2　아, 괴로워!

소리 4　태호가 우릴 용서해줄까?

소리 3　태호는 마음이 너그러운 아이야. 아마 너희들을 이해하고 용서할 거야.

소리 6　태호야, 제발 깨어나다오.

서서히 불이 밝아지면 머리에 붕대를 감은 태호가 침대에 누워 있고, 그 곁에 여러 사람들이 조심스럽게 지켜보고 있다. 태호가 손을 휘저으며 뭐라고 중얼거린다.

엄　마　(태호의 손을 쥐며) 태호야! 태호야! 정신 차려라 응?

의사선생님 (주위를 돌아보며) 이제 곧 깨어날 겁니다. 당분간 안정이 필요하니 자극을 주지 않도록 조심하셔야 합니다.

엄 마 예.

의사 선생님이 나간 뒤, 태호가 헛소리를 두어 번하더니 눈을 번쩍 뜬다.

엄 마 (반가워서) 아! 태호야, 이제 정신이 드니?

모두 반가워서 어쩔 줄 모른다.

태 호 (벌떡 일어나 앉으며) 용감이, 용감이는 어디 있어요?

엄 마 걱정 마라, 용감이는 바로 네 곁에 있단다.

용감이가 낑낑거리며 태호의 손에 얼굴을 비빈다.

태 호 (용감이의 머리를 끌어안으며) 오! 용감아, 무사했구나.

용감이 낑 낑낑!

선생님 (태호의 등을 쓰다듬으며) 태호야, 정말 장하다.

용감이를 위하여 대신 몸을 날리다니 …….

태 호 용감이는 제 친구인걸요 뭐.

선생님 그래, 아픔을 대신해줄 수 있다면 그야말로 진정한 친구지. (뒤에 쭈뼛쭈뼛 서 있는 아이들을 바라보며) 저 아이들은 어떻겠니?

태 호 (아이들을 한 번 쳐다보고 말이 없다.) …….

남자아이들이 고개를 숙이고 말없이 서 있다.

민 규 (우물쭈물 태호에게 한 발 다가서며) 미안해, 태호야. 내가 잘못했어.

동 식 정말 미안해. 앞으로는 좋은 친구가 되도록 노력할게.

호 성 다신 안 그럴게.

태 호 …….

엄 마 (안타까운 듯) 뭐라고 말을 해보렴, 응?

태 호 (나지막하게) 너희들, 용감이를 괴롭히지 않겠다고 약속할 수 있겠니?

지 수 (반기며) 그 그럼, 용감이가 우리를 받아주기만 한다면 …….

호 성 용감이에게도 우리가 잘못했어.

민 규 그래, 용감이도 이제 우리 친구야.

지 수 (용감이에게 다가가서) 미안해, 용감아. 우릴 친구로 받아주겠니?

용감이 (좋다는 듯이) 끼깅 낑 낑!

지수가 용감이의 등을 쓰다듬자 용감이도 지수의 손등에 얼굴을 비비며 좋아한다.

태 호 (웃음을 띠고 아이들을 둘러보며) 고마워. 너희들이 진심으로 날 대해주니 너무나 기뻐.

민 규 (태호의 손을 덥석 잡으며) 고맙다 태호야. 앞으로 우리 정말 좋은 친구가 되자.

태 호 (같이 아이들의 손을 잡으며) 그래! 고맙다, 너희들.

민 희 (아이들을 둘러보며 어른스럽게) 이제야 겨우 철들이 드셨군.

민희의 말에 모두 한바탕 크게 웃는다. 아이들이 웃고 떠들며 태호와 이야기를 나누는 가운데 용감이도 신이 나서 껑충거리며 이리저리 뛰어다닌다. 선생님과 엄마도 고개를 끄덕이며 그 모습을 흐뭇하게 바라보고 있다. 서서히 막이 내린다.

어명 받은 금강소나무

■ 때 : 오늘날

■ 곳 : 숲 속

■ 나오는 이들 : 금강소나무, 옻나무, 감나무, 은행나무, 밤나무, 뽕나무, 대나무 등 20여 종의 여러 나무들, 사람1, 사람2, 사람3, 사람4, 그 밖의 사람들 다수.

■ 무대 : 여러 나무들이 모여 있는 숲 속이다.

막이 열리면 나무들이 손을 잡고 빙글빙글 돌며 신나게 노래 부르고 있다.

나무들 (합창으로)
미루나무 꼭대기에 조각구름 걸려 있네~
솔바람이 몰고 와서 살짝 걸쳐놓고 갔어요~
뭉게구름 흰 구름은 마음씨가 좋은가봐~
솔바람이 부는 대로 어디든지 흘러간대요~
하하하하하하하하 호호호호호호호호

옻나무 (이마의 땀을 닦으며) 아이 재미있어. 한바탕 춤추며 노래 부르고 나니 기분이 날아갈 것같이 상쾌해.

은행나무 나도 그래. 난 이렇게 팔을 흔들며 춤출 때가 제일 즐거워.

밤나무 흐흣! 사람들은 모를 걸. 우리가 이렇게 춤추고 노래하며 돌아다닌다는 걸.

뽕나무 고정 관념에 빠져 있는 사람들이 꿈에라도 이런 걸 생각이라도 하겠어?

화살나무 맞아. 멀리서 보면 그냥 바람에 가지가 흔들리는 정도로 알겠지 뭐.

가시나무 히히히! 멍청한 인간들이라니.

감나무 (신중하게) 그래도 사람들 눈에 띄지 않게 조심해야 돼. 간혹 관찰력이 뛰어난 사람도 있거든.

살구나무 맞아. 우리 나무들이 움직일 수 있다는 걸 사람들이 알기라도 하는 날엔, 어쩌면 나무들이 큰 수난을 당할지도 몰라. 우릴 사람들 입맛에 맞게 이리저리 옮겨다니게 할 걸.

물푸레나무 오, 정말이야. 이기적인 인간들이라면 충분히 그러고도 남지.

은행나무 걱정 마. 내가 이렇게 큰 키로 누가 오나 안 오나 잘 내려다보고 있을 테니까.

감나무 역시 은행나무야.

등나무 (은행나무 등을 톡 치며) 고마워.

은행나무 고맙긴……. 그러니까 우리 또 노래 부르며 놀자, 응?

배나무 그래, 이번엔 무슨 노래를 부를까? (잠시 생각하다가) 옳지. 우리 이렇게 한번 해보자.

나무들 (모두) 어떻게?

물푸레나무 그러니까 말이야……. (모두에게 설명한다) 어때?

나무들 (손뼉을 치며) 야, 재미있겠다!

나무들이 빙 둘러서서 하나씩 차례로 나와 몸을 흔들며 한마디씩 말하면, 다른 나무들은 거기에 맞춰 손뼉을 친다.

감나무 (한 발 앞으로 나서며) 가자 가자 감나무
옻나무 (연이어) 오자 오자 옻나무
잣나무 한 자 두 자 잣나무
은행나무 목돈 되네 은행나무
뽕나무 방귀 뽕뽕 뽕나무

모두 와그르르 웃는다.

물푸레나무 히히힛! 재미있다. 어서 계속해봐.
가시나무 목에 걸려 가시나무
오리나무 십 리 절반 오리나무
닥나무 꿩의 사촌 닭나무
오동나무 다섯 동강 오동나무
살구나무 너하구 나하구 살구나무
감나무 (흥에 겨워) 아무렴!
은행나무 좋지!
배나무 서울 가는 배나무
물푸레나무 우물가에 물푸레나무
밤나무 낮에 봐도 밤나무
등나무 불 밝혀라 등나무
앵두나무 앵도라진 앵두나무
살구나무 (참지 못해) 으 히히힛! 끝내준다.
치자나무 그렇다고 치자 치자나무

구기자나무 깔고 앉아 구기자나무

화살나무 빠르구나 화살나무

참나무 화가 나도 참나무

대나무 떼끼 이 놈 대나무

모두 와— 하고 손뼉을 치며 즐거워한다. 그때 안에서 금강소나무 할아버지가 나온다.

금강소나무 (인자한 목소리로) 모두 즐겁게 노는구나.

나무들 (함께) 할아버지 나오셨어요?

금강소나무 오냐, 웃음소리 흘러넘치는 이 숲 속은 언제나 평화롭지.

오리나무 (금강소나무를 잡아끌며) 할아버지, 할아버지도 노래 한 곡 부르세요.

금강소나무 오 호호! 그래, 옛날 기억을 되살려 어디 한 번 불러볼까.

나무들 (좋아라 손뼉을 치며) 야—!

금강소나무가 목을 한 번 가다듬더니 노래를 부르기 시작한다.

금강소나무 (낭랑한 목소리로)

햇살이 살며시

내려앉으면

소리 없이 웃으며

불러봐요

소나무야 소나무야

언제나 푸~른 네 빛

소나무야 소나무야

변하지 않는 너

(김형준/「소나무」)

나무들 (손뼉을 치며) 야—! 정말 멋지세요.

살구나무 할아버지 노랫소리는 언제 들어도 아름다워요.

앵두나무 꼭 할아버지 자신을 노래하시는 것 같아요.

금강소나무 내가 항상 즐겨 부르는 노래란다.

뽕나무 할아버지, 할아버지께서는 연세가 얼마나 되셨어요?

금강소나무 허허허! 나이 말이냐? 가만 있자, 올해로 내가…….

오리나무 한 백 살쯤 되셨어요? 아니면 이백 살?

금강소나무 내가 태어나던 해에 임진왜란이 일어났으니까, 사백 년도 더 된 셈이군.

앵두나무 (놀라며) 으앗! 사백 살! 난 이제 겨우 열두 살인데…….

금강소나무 하하하! 나도 너 만한 어린 시절이 있었단다.

은행나무 할아버지 어린 시절에도 이 숲은 언제나 평화로웠나요?

금강소나무 언제나 평화로웠던 건 아니고, 사람들이 우릴 못 살게 군 때도 있었지.

가시나무 어떻게요?

금강소나무 그러니까 사람들이 우릴 함부로 베어갔던 게지. 그러다가 차츰 우리가 사람들에게도 필요한 존재라는 걸 알고 서로 도우며 공존하는 쪽으로 질서가 잡힌 게지.

오동나무 그랬었군요.

금강소나무 자, 어디 너희들 노랫소리 한 번 더 들어보자꾸나. 어서 한 번 신나게 불러봐라.

나무들 (씩씩하게) 예!

신이 난 나무들이 손을 잡고 노래를 부르기 시작한다.

아침 햇살이 찾아들기 전
작은 소리로 노래하는 나무
아침 햇살이 찾아들면
가슴을 펴고 햇살을 흔들며 노래하는 나무
오늘은 날씨가 좋아요 햇살이 눈부셔요
우리집 나무가 노래 부르면
이웃집 나무가 대답을 하고

탐스런 나뭇잎만큼 가득 열린 참새들
열린 참새만큼 고운 노래 들려주는 나무
하늘에 그려지는 오선지에
햇살 한 줌 내 노래 한 가락
(최갑순/「나무의 노래」)

나무들이 한창 신나게 노래를 부르고 있는데, 멀리 내려다보고 있던 은행나무가 소리친다.

은행나무 사람들이 나타났다! 이쪽으로 오고 있어요.
나무들 (놀라며) 그래?
금강소나무 어서 모두 제자리로 돌아가려무나.
나무들 예.

모든 나무들이 황급히 제자리로 돌아가 나뭇가지만 바람에 살랑살랑 흔들며 아무 일 없었던 것처럼 꼼짝 않고 서 있다.

은행나무 (작은 소리로) 쉿! 온다.

톱과 도끼 등을 든 네댓 명의 사람들이 등장한다.

사람1 (멈춰서며) 여기가 좋겠군.

사람 2 (둘러보며) 그래, 이 정도 숲이면 우리가 찾는 나무를 구할 수 있을 거야.

사람 3 숲 속에만 오면 이상하게 기분이 좋아진단 말이야.

사람 4 나도 그래, (코를 벌름거리며) 흐음! 이 신선한 숲의 냄새!

사람 1 자, 꾸물거리지 말고 어서 적당한 나무를 찾아보세.

사람 3 그러세.

사람들이 하나하나 나무들을 살핀다. 나무들은 꼼짝 않고 서 있다.

사람 2 (금강소나무를 가리키며) 이 나무가 어떤가? 제일 우람하고 곧게 뻗어오른 것이 단단해보이는데.

사람 4 오! 참으로 훌륭한 나무로군.

사람 3 황금색 금강소나무야!

사람 1 우리가 찾는 바로 그 나무일세 그려.

사람 2 (톱을 내밀며) 이 잘 드는 톱으로 쓱쓱 싹싹 베어 어서 끌고 가세.

나무들이 모두 그 소리에 깜짝 놀라 가지를 파르르 떤다.

옻나무 (옆에 선 뽕나무에게 작은 소리로) 이를 어째. 사람들이 금강소나무 할아버지를 베려나봐.

뽕나무 (울음 섞인 목소리로) 어쩌면 좋지?

사람들이 금강소나무 주위에 빙 둘러서서 톱으로 둥치를 막 자르려고 하는데, 갑자기 '우르릉 쾅쾅' 하고 천둥소리가 크게 들린다.

사람들 (깜짝 놀라 한 발 물러서며) 갑자기 웬 마른하늘에 천둥소리지?

사람 1 나무의 신이 노한 게 아닐까?

사람 2 에이, 설마! 그런 게 어디 있어?

사람 1 아냐, 큰 나무에는 나무의 신이 있다고 했어.

사람 3 정말 나무의 신이 있을까?

사람 4 (두려운 목소리로) 그, 그럼 어쩌지?

그때 허공에서 울리는 소리가 들려온다.

소 리 이 숲에서 나무를 베어가기를 원하거든 예를 갖추어 다시 오라.

사람들 (놀라 황급히 땅에 엎드려) 예—.

사람들이 놀라 서둘러 물러나자 나무들이 모두 금강소

나무 주위로 몰려든다.

나무들 (걱정스럽게) 괜찮으세요, 할아버지?

금강소나무 나는 괜찮다, 걱정마라.

물푸레나무 사람들이 다시 올까요?

금강소나무 그럼, 다시 오겠지.

감나무 (울먹이며) 그럼 어떻게 해요? 다시 할아버지를 베려고 하면?

금강소나무 허허허허! 내가 베어지는 게 그리도 걱정이 되느냐?

잣나무 그걸 말씀이라고 하세요? 할아버지는 이 숲에서 제일 어른이신데…….

금강소나무 사람들은 이 숲을 가꾸고 우리 나무들을 돌봐주지. 그 대가로 우리는 그들에게 맑은 공기와 아름다운 경치뿐 아니라 필요한 나무들을 내주어야 한단다. 이것이 나무와 사람의 공존 공생이라는 거지.

뽕나무 흐흐흑! 그런데 하필 할아버지를…….

금강소나무 그들이 마침 나를 선택해서 잘 됐구나. 너희들은 또 남아서 이 숲을 아름답게 지켜나가야 한다.

밖이 수런거리더니 사람들이 몰려 들어오자, 나무들이 서둘러 제자리로 돌아간다.

사람1 (금강소나무 앞에 서서 큰소리로) 어명이오! 나무의 신은 어명을 받으시오!

사람들이 금강소나무 앞에 간단히 제단을 마련하고, 가지고 온 여러 제물들을 제단 위에 늘어놓는다. 그리고 금강소나무 둥치에 여러 오색 천을 휘감는다.

사람1 (제단 앞에 꿇어앉아 술 한 잔을 따라 올리며) 나무의 신이시여! 이 잔을 받으시고 우리 인간들의 소원을 들어주소서. (두 번 절한 후 두루마리 종이를 펼쳐들고 읽는다.) 이번 광화문 복원 공사에 그대 금강소나무를 베어 쓰고자 하니, 나무와 우리 사람과의 관계를 소중히 여겨 부디 베어짐을 허락하여 주소서.

다시 술 한 잔을 올린 후 모두 엎드려 두 번 절한 다음, 도끼로 나무를 내리찍는 의식을 세 번 반복한다. 이어 큰 톱을 양쪽에서 맞잡고 소나무를 베어내는 시늉을 한다. 그리고는 본격적으로 소나무를 베어내자 큰소리를 내며 금강소나무가 바닥에 쓰러진다.

오리나무 (흐느끼며) 흐흑! 불쌍한 금강소나무 할아버지.
감나무 (눈물을 훔치며) 할아버지의 마지막 모습은 너무도 의젓했어.

물푸레나무 할아버지는 다른 곳에서 또 다른 모습으로 사시게 될 거야.

모든 나무들이 가지를 심하게 흔들며 오열한다.

사람 2 (뉘어진 금강소나무에게) 그대는 세상을 떠나지만 광화문의 기둥으로 영원히 살아남을 것이오.

사람들 (한 목소리로) 영원히 살아남을 것이오.

이어서 베어진 금강소나무를 위로하는 산신굿이 펼쳐진다. 한참 신명난 굿판이 벌어지면, 둘러선 사람들과 나무들도 모두 어울려 흥겹게 춤추는 가운데 서서히 막이 닫힌다.

¤ 금강소나무

겉과 속이 모두 황금색을 띠고 재질이 뛰어나 궁궐을 짓는 데 사용했으며, 강송 또는 금강송, 적송이라고도 불린다.

구슬의 비밀

■ 때 : 요즘

■ 곳 : 거실과 놀이터

■ 나오는 이들 : 경민, 엄마, 할머니, 아빠, 노인, 사냥꾼, 아이 1, 아이 2, 개.

1

막이 열리면 경민 혼자서 장난감을 가지고 놀고 있다. 엄마가 들어오다가 혼자 놀고 있는 경민을 보고 가까이 간다.

엄 마 (부드럽게) 경민아, 왜 혼자서 놀고 있니? 나가서 친구들하고 놀아야지.

경 민 싫어요. 모두 공차고 놀던데요, 뭐.

엄 마 그럼, 너도 같이 차면 되잖니?

경 민 전 못 해요. 모두 공을 얼마나 잘 차는데…….

엄 마 (달래듯이) 처음부터 잘하는 사람은 없어. 자꾸 차면 너도 잘 차게 된단다.

경 민 (고개를 흔들며) 아무래도 전 잘 안 돼요.

엄 마 쯧쯧! 얘가 왜 이런다지? (그러다가 탁자 위의 꽃병을 보고) 꽃병의 물이나 좀 갈아주고 놀아라.

경 민 (주저주저하며) 지난번처럼 또 깨면…….

엄 마 (타이르듯이) 그런 것도 못하면 못난이가 되는 거야. 자, 어서 해보렴.

경민이 할 수 없이 다가가 꽃병을 들어올리다가, 갑자기 놀라 비명을 지르며 꽃병을 내려놓고는 엄마의 치맛자락에 매달린다.

경 민 으악!

엄 마 (경민을 감싸안으며) 경, 경민아! 왜 그러니, 응?

경 민 저 저기, 바 바퀴벌레……. (손가락으로 탁자 위를 가리킨다.)

엄 마 (어처구니없다는 듯이) 뭐? 바퀴벌레라고? 아니, 경민아. 3학년이나 된 녀석이 그까짓 바퀴벌레에 그렇게 놀라니?

경 민 바퀴벌레를 보면 막 소름이 끼치는 걸요.

엄 마 내 참, 기가 막혀서…….

엄마가 휴지로 바퀴벌레를 잡아 치우고, 꽃병도 탁자 위에 바로 놓는다. 걸레로 탁자 위의 물을 훔치는 엄마의 모습을 경민이 우두커니 바라본다. 어느새 할머니도 나와 있다.

경 민 (할머니에게 매달리며) 할머니!

할머니 (경민을 감싸안으며) 원, 녀석! 벌레가 그렇게 무섭더냐?

경 민 (고개만 끄덕끄덕)

엄 마 (경민을 흘겨보며) 한심한 녀석 같으니라고!

할머니 너무 그러지 마라, 어미야. 다 때가 되면 제 스스로 깨닫게 될 게다.

이때 아빠가 무슨 일인가 하고 안에서 나오자, 경민은

할머니 품에서 빠져나와 슬그머니 밖으로 나간다.

아　빠　(할머니와 엄마를 번갈아 바라보며) 어머니, 왜 그러세요? 무슨 일이요, 여보?

할머니　글쎄, 어미가 경민이 때문에 걱정하는구나.

아　빠　경민이가 왜요? 경민이가 무슨 일이라도 저질렀나요?

엄　마　여보! 정말 경민일 어떻게 좀 해보세요. 사내 녀석이 저렇게 나약해서야 무엇에 쓰겠어요?

아　빠　어떻게 했기에 또……?

엄마와 할머니가 뭐라고 열심히 아빠에게 이야기하면, 아빠는 가끔 고개를 끄덕거리며 듣고 있다.

아　빠　(신음소리) 음!

엄　마　여보, 어쩌면 좋죠?

할머니　애비야, 무슨 좋은 수가 없겠냐? 내가 아까 말은 그렇게 했다만, 정말 좀 걱정되는구나.

아　빠　경민이는 지금 어디 있소?

엄　마　또 놀이터에서 혼자 놀고 있겠죠, 뭐.

아　빠　(잠시 생각에 잠기다가) 옳지! 그렇게 한 번 해봐야겠군.

엄　마　(궁금한 듯) 네?

아 빠 걱정 말고 내게 맡겨요. 내게 좋은 생각이 떠올랐으니까.

아빠가 급히 안으로 들어가자, 그 모습을 엄마와 할머니가 궁금한 듯 바라본다.

할머니 애비가 뭘 하겠다는 거지?

엄 마 (고개를 갸웃하며) 글쎄요. 도무지 무슨 속셈인지 모르겠어요…….

2

무대가 잠시 암전되었다가 밝아지면 놀이터 마당이다. 경민이 혼자서 땅바닥에 막대기로 이리저리 끼적거리며 놀고 있다가 일어서서 힘없이 한두 발짝 앞으로 걸어나온다.

경 민 (혼잣말로) 나는 왜 이럴까? 왜 아무것도 할 수 없지? 정말 나도 잘하고 싶은데, 막상 무엇을 하려고 하면 자신이 없어. 아! 어쩌면 좋지?

경민이 실의에 빠져서 머리를 감싸 쥐고 괴로워하는 모습을 저쪽에서 이상한 차림의 노인 한 분이 가만히 지켜보고 있다. 허연 머리와 긴 수염, 허름한 양복에다 돋보기 안경을 쓰고 지팡이를 짚고 있는 노인의 또 한 손에는 누런 가죽 가방 하나가 들려 있다.

노 인 (경민에게 다가오며) 얘야, 뭘 그리 혼자 중얼거리고 있니?

경 민 (멈칫 놀라며) 아, 할아버지는 누구세요?

노 인 놀랄 것 없단다. 그리 이상한 사람은 아니니까.

경 민 (경계의 눈빛을 보내며) 누군…… 데, 그러세요?

노 인 사람들은 나를 백수노인이라 부르지. 이리저리 떠돌아다니며 온갖 세상사를 구경하는 게 내 취미란다.

경 민 (노인의 차림새를 훑어보며) 그런데요?

노 인 (히죽 웃으며) 보아하니 걱정이 있는 게로군.

경 민 (놀라며) 어떻게 그걸……?

노 인 세상을 오래 살다보면 무슨 일인지 척 보면 대번에 알 수 있지. 넌 모든 일에 자신감을 갖지 못하는군. 그게 걱정이지? 그렇지?

경 민 (놀란 눈으로 노인을 빤히 쳐다보며) 대체 할아버진 누구세요?

노 인 허허! 아까도 얘기했잖니. 백수노인이라고…….

경 민 (궁금하다는 듯이) 뭘 하시는 분인데요?

노 인 세상의 어린이들에게 용기와 자신감을 심어주고 다니는 게 내 일이지.

경 민 (더욱 놀라며) 네에? 용기와 자신감을요?

노 인 그래, 그렇단다.

경 민 (노인의 팔을 잡고) 할아버지, 그렇다면 제게 좀 알려주세요. 어떻게 하면 용기와 자신감을 가질 수 있을까요?

노 인 (경민을 빤히 바라보며) 네가 진정 용기 있는 아이가 되고 싶니?

경 민 (고개를 끄덕이며) 네!

노 인 음……, 그렇다면 우선 내 이야기를 들어보렴. (노인이 이야기를 시작한다.) 옛날에 말이다. 한 사냥꾼이 사냥을 하러 돌아다니다가 저쪽 숲 속에 시커먼 산돼지 한 마리를 발견했단다…….

노인이 경민에게 이야기를 들려주는 동안, 한 사냥꾼이 활을 메고 등장하더니 이리저리 숲 속을 살핀다. 경민과 노인은 무대 한쪽에서 그것을 지켜보고 있다.

사냥꾼 (산돼지를 발견하고) 옳지! 드디어 큰놈을 한 마리 발견했군. 내 솜씨를 보여주마. 나는 이 세상 제일가는 사냥꾼이니까 말이야.

사냥꾼은 서슴없이 등에 메고 있던 화살 통에서 화살 한 대를 빼어 그 산돼지를 향해 힘껏 쏜다. 그리고 화살은 그 산돼지의 심장 깊숙이 박힌다.

사냥꾼 핫핫핫! 역시 내 활 솜씨는 천하제일이란 말이야.

사냥꾼은 화살이 박혀 있는 산돼지에게 다가가다가 깜짝 놀라며 멈칫 선다. 화살이 깊이 박혀 있는 물체는 산돼지가 아니라 시커먼 바위였던 것이다.

사냥꾼 (놀라며) 이럴 수가! 어떻게 바위에 화살이 박힐 수가 있지?

사냥꾼이 바위에 박혀 있는 화살을 힘껏 뽑아보지만 꿈쩍도 하지 않는다. 잠시 생각에 잠겨 있던 사냥꾼은 화살 한 대를 빼어들고 아까 산돼지를 쏘던 자리로 돌아와 바위를 향해 다시 활을 쏜다. 그러나 화살은 바위에 맞아 튕겨나오고 만다. 사냥꾼은 몇 번이고 되풀이해서 활을 쐈지만 모두 튕겨나오자, 흩어진 화살들을 주워들고 고개를 갸웃거리며 사라진다.

경 민 화살이 바위에 꽂히다니, 믿을 수 없어요. 어떻게 화살이 바위에 꽂혔을까요?

노 인 그건, 바위가 아니라 산돼지라고 사냥꾼이 굳게 믿었기 때문이지.

경 민 그러면 다음에 쏜 화살은요?

노 인 산돼지가 아니라 바위를 쏜다고 생각한 때부터 이미 안 된다는 생각이 마음속 깊이 생겨났지. 그러니까 안 꽂힌 거지.

경 민 그랬었군요!

노 인 무슨 일이나 '할 수 있다'는 자신감이 그만큼 중요한 거란다.

경 민 (고개를 좌우로 흔들며) 그렇지만 그게 잘 되나요, 뭐.

그 말에 노인이 가방을 열더니 자그마한 구슬 한 개를 끄집어내어 경민의 손에 쥐어준다.

경 민 웬 구슬이에요?

노 인 이게 보통 구슬처럼 보여도 특별한 구슬이란다. 자신감을 심어주는 구슬이지.

경 민 이 구슬이 자신감을? 어떻게요?

노 인 그러니까 신비의 구슬이지. 이 구슬을 호주머니에 넣고 다니다가, 무슨 일을 하려고 할 때 구슬을 만지면서 마음속으로 세 번을 되뇌어라. '나는 할 수 있다, 나는 할 수 있다, 나는 할 수 있다'라고 말이야.

경 민 그러면 잘할 수 있게 되나요?

노 인 자기도 모르는 사이에 자신감과 용기를 얻게 되지.

경 민 (믿기지 않는다는 듯이) 설마 …… ?

노 인 믿지 못 하겠거든 한 번 시험해보렴.

경 민 (구슬을 매만지며) 정말, 시험해봐도 돼요?

노 인 그럼!

경 민 그러면 잠시 여기 기다리세요. 그동안 영 자신이 없어서 한 번도 넘지 못했던 늑목을 한 번 넘어보고 올게요.

노 인 그러려무나. 그래도 조심해야 한다.

경 민 예.

경민이 달려간 쪽을 노인이 목을 빼고 바라보고 있다. 이윽고 한참 후 경민이 숨을 헐떡이며 기쁨에 찬 얼굴로 나타난다.

경 민 (감격에 찬 목소리로) 할아버지! 해냈어요. 제가 해냈다구요! 단번에 늑목을 넘었다구요.

노 인 (함께 기뻐하며) 오! 그래? 그것 봐라. 내 말이 거짓이 아니지?

경 민 예, 할 수 있다고 생각하니까 할 수 있겠더라구요.

마침 그때 놀이터 한쪽으로 두 아이가 등장하더니, 한 아이가 다른 아이를 윽박지르며 때리기 시작한다. 그것을 본 경민이 심호흡을 한 번 크게 하더니, 구슬을 서너 번 매만지고는 성큼성큼 그 아이들에게로 다가간다.

경 민 (약간 떨리는 목소리로) 얘! 너, 왜 …… 그러니?

아 이 (움찔 놀라며) 넌 뭐야?

경 민 (고개를 돌려 노인을 한 번 쳐다보고는) 나? 난 경민이야. 무, 무슨 일인지는 몰라도 말로 해. 때리는 건 나쁜 짓이야.

아이가 잠시 씩씩거리더니 휑하니 나가버리자, 그 뒤로 다른 아이도 따라 나간다. 경민이 주먹 쥔 팔을 들어보이며 노인에게 돌아온다.

노 인 (경민을 보고) 어떠냐? 신기하지?

경 민 (기쁨에 들뜬 목소리로) 네!

노 인 그렇다고 구슬만 믿고 너무 날뛰면 안 된단다.

경 민 물론이죠.

이때 작은 개 한 마리가 두 사람 가까이로 걸어오자, 경민이 벌떡 일어나더니 손에 쥔 구슬을 매만지며 소리친다.

경 민 (자신 있는 목소리로) 이제 개 따윈 무섭지 않아. 그동안 네 놈들이 나를 무던히도 겁나게 했지. 에잇! (개를 발로 걷어찬다.)

갑자기 배를 걷어 채인 개가 두어 번 깨갱거리더니, 사납게 이빨을 드러내고 으르렁거리며 경민에게 달려든다.

경 민 (놀라 노인의 등 뒤로 숨으며) 엄마야!

노인이 웃으며 지팡이로 개를 쫓자 개는 달아나고, 그제야 경민이 등 뒤에서 나온다.

노 인 그것 봐라. 그런 짓은 용기가 아니라 만용이라는 거다. 그런 일에는 구슬도 소용이 없지.

경 민 만용이라구요?

노 인 방금 너처럼 앞뒤 못 가리고 마구 날뛰는 용맹을 만용이라고 하지. 진정으로 자신감과 용기가 필요할 때만 그 구슬의 신비한 힘이 작용하게 된단다.

경 민 …… 예!

노 인 (일어서며) 자, 그럼 난 가봐야겠다.

경 민 어디로 가시게요?

노 인 또 너 같은 아이를 찾아서 어딘가로 가봐야지.

노인이 지팡이를 짚으며 천천히 걸어나가다가 돌아서더니 경민에게 한마디 더한다.

노 인 명심해라. 꼭 자신감과 용기가 필요할 때만 그 구슬을 쓴다는 것 말이다.

경 민 네! 할아버지, 명심할게요.

노인이 경민을 보고 씽긋 한 번 웃더니, 돌아서서 성큼성큼 걸어나간다. 그 뒷모습을 경민이 꼼짝 않고 서서 오래도록 바라보고 있는 가운데, 서서히 막이 닫힌다.

신들의 분노

■ 때 : 요즘

■ 곳 : 천상과 지상

■ 나오는 이들 : 천신, 지신, 해신, 천사 1, 천사 2, 샛별, 여우, 아나운서, 아이들, 엄마, 아들, 사람들, 그 밖의 여러 정병들.

막이 열리면 천신이 찰흙으로 뭔가를 열심히 만들고 있고, 탁자 위에는 천신이 만든 알 수 없는 여러 생물들의 형상이 여러 개 놓여 있다. 그때 천사1이 뛰어 들어온다.

천사1 (호들갑스럽게) 천신님! 천신님! 큰일났습니다요.

천 신 (팔을 벌려 탁자 위의 작품들을 싸안으며) 조심해라! 다 부서지겠다. 웬 호들갑이냐?

천사1 (숨을 헐떡이며) 글쎄, 해신님이 기어이 일을 내고 말았습니다요.

천 신 (허리를 펴고 일어서며) 일을 내다니? 무슨 일을 냈다는 게냐?

천사1 허, 허리케인! 허리케인을 데리고 밤중에 어딘가로 급히 달려갔다고 합니다요.

천 신 (놀라 들고 있던 찰흙덩이를 떨어뜨리며) 뭐? 그, 그게 정말이냐?

천사1 정말입니다요. 지상을 내려다보던 샛별 정병이 방금 알려왔지 뭡니까요.

천 신 (버럭 화를 내며) 너 그 말버릇 좀 못 고치겠니? 말끝마다 요, 요, 요! 천사 날개 떼버리고 마구간 청소부로 보내버린다.

천사1 (기겁을 하며) 아, 아 앞으로는 조심하겠습니다요, 아, 아 아니 조심하겠습니다.

천 신 어서 샛별 정병을 불러들여라.

천사 1 예!

천사1이 휴대폰을 꺼내어 샛별에게 전화를 건다. 그 사이 천신은 손을 씻고 옥좌에 가 앉는다. 그때 또 천사2가 뛰어 들어오며 소리친다.

천사 2 (흥분해서) 지, 지진이 파, 파키스탄 저어기 카슈미르 지역에 나나났…….

천 신 (화를 내며) 무슨 말인지 도통 못 알아듣겠다. 다시 한 번 천천히 말해봐라.

천사 2 예. (침을 한 번 삼킨 후에) 파파키스탄 카슈미르 지역에…….

천 신 그래, 파키스탄 카슈미르 지역에 …… 뭐?

천사 2 대규모 지진이 발생하여 수만 명이 죽고…….

천 신 (옥좌에서 벌떡 일어나며) 뭐? 수만 명이 죽어?

천사 2 트, 틀림없는 사실입니다. 제 이 두 눈으로 똑똑히 봤습니다.

천 신 (다시 옥좌에 털썩 앉으며) 지신과 해신 이 양반들이 아예 작정을 했구먼.

샛별 정병이 숨을 헐떡거리며 들어온다. 번쩍거리는 별 모자를 쓰고 있다.

샛 별 천신님. 찾으셨어라? 저 샛별이구만유.

천 신 그래, 네가 본 대로 말해봐라. 해신이 어쨌다고?

샛 별 해신님이 지난밤에 허리케인 카트리나를 데리고 태평양을 가로질러 번개같이 미국 쪽으로 달려가는 것을 보았지라.

천 신 (놀라며) 카트리나라면 허리케인 중에서도 제일 독한 녀석 아니냐? 기어이 일을 벌이겠다는 얘기로군.

천사 1 무슨 조치를 취해야지, 이러다간 인간 세상 끝나고 맙니다요.

천사 2 태풍에 지진에 해일에 이런 변이 없습니다.

천 신 (일어났다 앉았다 안절부절 못하며) 몇 시냐, 지금? 지구 뉴스를 한번 틀어봐라.

샛 별 예, 천신님.

모형 텔레비전을 켜자 아나운서가 뉴스를 전하고 있다.

아나운서 다음 뉴스입니다. 미국 뉴올리언스를 강타한 허리케인 카트리나로 저수지 둑이 무너져 도시 전체가 물에 잠기면서 수천 명이 숨지고 수십만 명의 이재민이 발생하였습니다. 또 파키스탄과 인도 접경인 카슈미르 지역에서는 진도 8의 강진이 발생하여 3만 명이 죽고 10만여 명이 부상하는…….

천 신 (신경질적으로) 텔레비전 꺼라! 나 이거야 원!

천사1 해신님과 지신님이 너무 막가는 것 아닙니까요? 천신님과 단 한마디 상의도 없이 어떻게 이럴 수가 있는지…….

천 신 하긴, 인간들의 소행을 생각하면 그래도 싸지. (다시 옥좌에 가서 앉는다.)

그때 정병이 들어와 아뢴다.

정 병 해신님과 지신님이 이리로 오고 계십니다.

천 신 그래? 호랑이도 제 말하면 온다더니 마침 오는군.

해신과 지신이 바깥에서부터 한바탕 떠들썩하게 떠들며 들어온다.

지 신 쯧쯧! 인간들이 하는 짓이라니!

해 신 분통이 터져 못 볼 게 인간들이지요.

지 신 오늘 내가 하도 화가 나서 몸을 좀 한번 크게 흔들었소이다.(몸을 흔드는 시늉을 한다.)

해 신 (화들짝 놀라며) 아앗! 제발! 여기선 너무 크게 흔들지 마세요. 기둥이라도 부러지는 날엔…….

지 신 하하하! 염려 마십시오. 다 조절 장치가 되어 있으니까.

해 신 (지신의 손을 잡으며) 지신께서도 저와 같은 생각이겠지요?

지 신 물론입니다. 인간들이 정신 차리도록 더욱 따끔하게 벌을 주어야 해요.

해 신 벌주는 정도로서 될 일이 아니에요. 아예 이 판에 싹…….

지 신 (놀라며) 그럼 완전히?

해 신 네에. 그래야 다시 평화로운 세상을 열 수 있어요.

지 신 음! (몇 번이나 고개를 끄덕인다)

천사들이 해신과 지신께 인사하고 나가자, 천신이 옥좌에서 일어나 한두 발짝 걸어나오며 두 신을 맞는다.

천 신 어서들 오세요, 안 그래도 기다리고 있었소이다.

해 신 (가볍게 목례한 후) 천신께서도 이미 알고 계시겠지만, 엊저녁에 제가 일을 시작했소이다.

천 신 얘기는 들었소. 정말 유감스런 일이외다. 어찌 그리 갑작스럽게…….

해 신 갑작스러운 게 아닙니다. 전에도 제가 말씀드리지 않던가요? 인간들의 횡포를 더 이상 용납할 수 없다고요.

지 신 그건 해신 말씀이 옳습니다. 다른 생물들의 원

성이 대단해요.

해 신 (탁자 위의 찰흙 작품들을 보며) 또 인간들을 만드셨습니까? 이제 천신께서도 인간에 대한 미련을 그만 버리시래두요.

천 신 이건 새로운 종의 인간입니다. 여태까지의 인간들과는 완전히 달라요.

해 신 (손을 내저으며) 유사한 인간도 안 됩니다. 지구상에 인간이 있는 한 다른 생물들이 절대로 평화로울 수 없어요.

지 신 인간들은 너무 이기적이에요.

해 신 다른 생물들과 어울려 살기에는 부적합한 동물입니다.

천 신 (여전히 미련이 있는 듯) 그렇긴 하지만 인간들의 재주가 아까워서…….

해 신 재주는 있을지 몰라도 사랑이 부족해요.

지 신 다른 생물들을 멸종시키는 것은 물론, 자기네 인간들끼리도 전쟁을 일으켜 서로 죽이고 미워하고 사기치고……. 세상에서 가장 잔인한 동물로 변해버렸어요. (밖에 대고 소리친다.) 조사한 목록을 이리 가져오너라.

여 우 (소리만) 예.

여우가 두루마리를 들고 들어와 지신에게 바친다. 그러

자 천신이 여우를 보고 깜짝 놀란다.

천 신 아니 넌 여우가 아니냐? 인간들이 목도리 한다고 다 잡아 죽여 멸종된 것으로 알고 있는데?

여 우 (허리를 굽히며) 지신님의 도움으로 간신히 저 혼자 목숨을 부지하고 있습죠.

지 신 멸종된 생물이 어찌 여우뿐이겠소이까? (두루마리를 펼쳐 여우에게 건네주며) 여우 네가 낭랑한 목소리로 한번 읽어봐라.

여 우 예. (침을 한 번 삼키고는) 지구상에서 멸종된 포유류로는 붉은 박쥐, 늑대, 수달, 표범, 호랑이, 여우, 흑흑흑!

천 신 아니, 읽다 말고 왜 우느냐?

여 우 멸종 동물 명단에 들어 있는 제가 제 이름을 부르는 게 하도 서러워서 그만……, 흑흑!

해 신 히히힛! 그렇기는 하겠구나.

지 신 (웃음을 참으며) 그래도 어서 죽죽 읽어보아라.

여 우 (눈물을 닦고) 너무 많으니 노래로 불러봅죠.

천 신 네 마음대로 하세요.

여 우 (목청을 가다듬고 몸을 흔들며 노래를 부른다.) 멸종된 조류는 노랑부리백로, 따오기, 황새와 저어새, 흰꼬리수리, 크낙새가 있고요. 어류로는 감돌고기, 양쯔강 돌고래, 초대형 민물고기 초어 등이라오. 곤충류로는 장수하늘소, 수염풍뎅이, 산굴뚝나비, 나팔고동, 두드럭조개 등등 이루 다 말할 수 없을 정도로 많습니다—.

해 신 식물로는 한란, 나도풍란, 돌매화나무 등도 멸종된 것으로 아는데?

지 신 잘 아시는군요. (지신과 여우가 함께 몸을 흔들며 노래를 부른다.) 그 외에도 끈끈이주걱, 문주란, 가시연꽃, 왕제비꽃 등이 모두 멸종되었거나 멸종 위기에 처해 있습니다—.

해 신 허! 참, 내가 좋아하는 문주란도 멸종되고 말았군.

천 신 그런데 생태계에서는 환경에 적응하지 못하면 도태되는 건 자연의 이치 아니오?

지 신 그야 물론입니다. 그러나 이런 멸종이 모두 비정상적이라는데 문제가 있지요.

해 신 인간들의 부주의로 인한 환경 오염, 개발로 인한 서식지나 먹이의 박탈!

지 신 몸에 좋다고 마구 잡아먹는다든가, 상업적으로 씨를 말리고…….

천 신 (제지하며) 그만하십시오. 그 정도면 충분히 알겠소이다.

잠시 침묵이 흐른 뒤, 천신이 무겁게 입을 연다.

천 신　이런 고약한 인간들을 응징하긴 해야겠는데…….

해 신　(단호하게) 다른 생물들을 위해서 인간을 이 지구상에서 멸종시켜야만 합니다.

천 신　(놀랍다는 듯) 허! 인간을 멸종시킨다?

지 신　네에. 그런 후에 지상의 모든 생물들이 모두 평화롭게 살도록 해야지요.

천 신　아무리 그렇다 해도 멸종은 좀…….

해 신　아닙니다. 이제는 달리 방법이 없어요.

지 신　더 놓아두었다간 얼마나 더 교만해질지 모릅니다.

천 신　음! (깊은 신음소리)

해 신　인간들이 한 줌도 안 되는 자기 재주만 믿고 깝죽대는데, 태풍이나 해일로 쓸어버리면 하루아침에 박살낼 수 있지 않겠어요?

지 신　그렇게까지 할 게 뭐 있어요? 내가 몇 번 몸을 흔들어 지진을 일으키면, 단 몇 분이면 모든 게 끝나는 것을…….

해 신　천신, 더 이상 머뭇거려서는 안 됩니다. 이번에 결단을 내리십시오.

지 신　인간은 이미 우리의 믿음을 저버렸어요.

천 신　흐음! (무거운 신음소리)

해 신　(재촉하듯) 천신!

지 신　어서요, 천신!

천 신　(이윽고 결심한 듯) 좋소, 인간을 멸종시키도록

합시다.

해신, 지신 (한목소리로) 잘 생각하셨소이다, 천신.

천　신　이왕 시작하는 바엔 완전히 인간의 씨를 말려야 하오. 가장 강력한 태풍과 해일 그리고 지진을 동시에 일으키시오. 나는 일주일간 폭우를 쏟아부어 이 세상을 물바다로 만들겠소.

해신, 지신 좋습니다.

천　신　(큰소리로) 여봐라! 하늘나라의 모든 물길을 열어 지상에 폭우를 쏟아부어라!

정　병　예, 천신님!

하늘나라 정병들이 물통과 호스 등을 들고 이리저리 뛰어다니며 모두 바쁘게 움직인다.

해　신　(지신에게) 자, 우리도 어서 가십시다. 어서 가서 일을 시작해야지요.

지　신　예, 마음먹은 김에 화끈하게 해치웁시다.

해신과 지신이 막 나가려는데 천사1과 천사2가 뛰어들어와 울며 신들에게 매달린다.

천사1　(울면서) 천신님, 아이들은 어쩔 작정이신가요? 저 천진난만한 아이들까지 진정 버리실 건가요?

천 신 (난처한 듯) 그럼 어쩌겠느냐? 그렇다고 어른들에게만 벌을 내릴 수도 없지 않겠느냐?

천사 2 (해신과 지신을 붙들고) 한 번만 더 생각을 다시 해주십시오. 죄 없는 아이들이 너무도 불쌍합니다.

해 신 (냉정하게) 아이들이 커서 어른이 되느니!

지 신 지금은 착한 아이들도 어른이 되면 모두 이기적인 인간으로 변한다는 걸 어찌 모르느뇨?

천사 1 (애원하듯) 부탁드립니다. 저 아래쪽을 한 번 보시고 다시 마음을 정해주시옵소서.

천 신 대체 뭘 말이냐?

해 신 아래라면?

지 신 (못마땅한 듯) 저 인간 세상 말이냐?

천사 2 예, 일단 한 번 보시지요.

잠시 암전되었다가 밝아지면 대여섯 명의 아이들이 노래를 부르며 뛰어 들어온다. 저마다 손에 새집 하나씩을 들고 있다. 신들과 천사들이 무대 한쪽에 서서 이 모습을 지켜보고 있다.

아이들 (함께 노래 부른다.)

푸르고 푸른 산은 아름답구나—

산새들 모두 모여 즐겁게 노래한다—

동물 보호!
보호

하늘엔 두둥실 구름 꽃 피어나고—
우리 가슴속엔 사랑의 꽃이 피네—

아이 1 자, 오늘은 숲 속에 새집을 달아주는 거야.
아이 2 그래, 이 숲 가득 산새소리 울려퍼지면,
아이 3 우리의 마음도 기쁘고 즐겁지.
아이 4 우리는 환경 지킴이!
아이 5 우리 손으로 우리의 환경을 지키자.
아이 1 (놀라며) 앗! 조심해, 개미집이야.
아이 2 (황급히 피하면서) 휴! 하마터면 큰일 날 뻔했네.
아이 3 숲 속의 다람쥐, 토끼, 너구리나,
아이 4 풍뎅이, 산비둘기, 딱따구리, 개미 한 마리도,
아이 5 모두 모두 우리의 친구지.

아이들이 나뭇가지에 새집을 달아주며 노래를 부르고 주위를 청소한다. 잠시 후 아이들이 나가면, 또 여러 사람들이 피켓을 들고 구호를 외치며 등장한다.

사람 1 동물을 보호하자!
사람 2 동물을 학대하지 말자!
사람 3 사람의 생명처럼 동물의 생명도 존중해야 한다!
사람 4 모피 옷을 입지 말자!
사람 5 모피 옷을 입느니 차라리 벗고 살자!
사람들 동물을 사랑하자!

한참 구호를 외치며 무대를 돌다 퇴장한다.

천사 2 이쪽도 한 번…….

해 신 이쪽은 또 뭔데?

잠시 암전되었다 밝아지면, 두 침대에 엄마와 아들이 나란히 누워 있다. 의사 선생님이 이것저것 살펴보고 나간다.

엄 마 (아들의 손을 잡으며) 고맙구나!

아 들 엄마! 그런 말씀 마세요. 엄마는 제게 생명을 주셨잖아요.

엄 마 그래, 고맙다! (엄마와 아들이 손을 꼭 잡는다.)

지 신 (궁금한 듯) 저 아들과 어머니는 또 무슨 일이냐?

천사 2 아들이 신장 하나를 어머니에게 떼어주었습니다.

천 신 (놀라며) 오! 그래?

지 신 (고개를 끄덕이며) 착하고 효성스런 사람들이 통 없는 것은 아니지.

천 신 그럼요, 우선 아이들만 해도 착하지요.

해 신 (고개를 갸웃하며) 도무지 알 수 없는 게 인간들이야.

지 신 우리가 만들었지만 불가사의한 존재지요.

천사 1 (세 신들을 바라보며) 어쩌실 건가요? 저 천진한 아이들을…….

천사 2　효성이 지극한 저 젊은이도 버릴 참이신가요?

천　신　(단호하게) 그럴 순 없지, 아직 인간에게 희망을 걸어볼 만해.

해　신　쓸데없이 이런 건 보여줘 가지고……, 마음 약해지게시리…….

천　신　어떻소, 해신? 저 인간들에게 한 번 더 기회를 줘봅시다.

해　신　…….

천　신　지신께서는 어떠시오?

지　신　글쎄요, 해신만 좋다시면 난 뭐…….

천　신　(해신의 손을 잡으며) 그렇게 하십시다, 해신!

해　신　(잠시 생각하더니) 좋습니다. 그 대신에 단…….

천　신　단?

해　신　이번이 마지막 기회라는 겁니다.

지　신　(맞장구치며) 그래요, 이번이 마지막 기회라는 건 확실히 해두어야지요.

천　신　물론이오. 인간이 우리의 믿음을 한 번 더 저버리면 그땐 단호히 응징합시다.

천사 1　(눈물을 글썽이며) 고맙습니다, 정말 고맙습니다.

천사 2　이번 일로 인간들도 이제 정신을 차렸을 겁니다.

천　신　그래, 아직도 정신을 못 차리면 정말 인간이 아니지.

천사 1　우리는 내려가 인간들에게 이번이 마지막 기회

라는 걸 알리겠습니다.

천 신 분명하게, 그리고 확실하게 알리도록 해라.

천사 1 예!

천사 2 (지상을 내려다보다가) 아, 저기 또 지진 피해를 돕기 위한 성금 행렬이 끝없이 줄을 잇고 있네요.

천사 1 저긴 전쟁을 반대하는 반전 시위 행렬이…….

신 들 음! (내려다보며 모두 고개를 끄덕인다.)

천사 2 (날개를 추스르며) 그럼 우리는 지상으로 내려갑니다.

지 신 자, 잠깐! (히죽 웃으면서) 한판 놀다 내려가면 안 되겠냐? 나 지금 춤추고 싶어 몸이 근질근질한데…….

해 신 조오치!

천 신 (못 말리겠다는 듯이) 허허, 참!

천사 1 히히힛! 알겠습니다요.

천사 2 (밖을 향하여) 모두 들어오세요.

모두 노래를 부르며 들어온다. 신들과 천사들, 아이들, 여우, 샛별, 사람들이 다 함께 어울려 신나게 춤추고 노래를 부르는 가운데 서서히 막이 닫힌다.

베짱이의 슬픔

■ 때 : 여름

■ 곳 : 숲 속

■ 나오는 이들 : 새 1, 새 2, 나무 1, 나무 2, 꽃, 꿀벌, 개미, 베짱이, 깨돌이, 토끼 1, 토끼 2, 부엉이, 다람쥐, 사마귀, 여우, 산새, 매미, 너구리.

1

막이 열리면 어스름한 가운데 작은 새 두 마리가 무대를 뛰어다니며 아침을 알린다.

새 1 새벽이다! 새 날이 밝았어요, 짹짹짹!

새 2 해님이 곧 동산 위로 솟아오를 시간이에요. 어서 일어나세요, 짹짹짹!

나무 1 (기지개를 켜며) 아함! 벌써 날이 밝았네.

꽃 아유, 졸려 죽겠어. 꼬마새야, 제발 조금만 더 자게 해줄 수 없겠니, 응?

새 1 안 돼요. 이제 곧 온 숲이 환하게 밝아올 거예요. 해님을 맞을 준비를 해야지요.

꽃 (할 수 없다는 듯이) 알았어.

무대가 서서히 밝아지면 누워 있던 나무와 꽃들이 모두 일어나 부산하게 매무새를 다듬고 바로 선다. 꿀벌 한 마리가 사뿐히 날아와 꽃으로 다가간다.

꿀 벌 (다정하게) 꽃님, 밤새 안녕하세요? 내가 너무 일찍 꿀을 가지러왔지요?

꽃 아, 아니에요. 그러잖아도 꿀벌님이 일찍 오실 줄 알고 밤새 꿀을 가득 모아두었지요. 마음껏 가지고 가세요.

꿀 벌 고마워요.

벌이 이 꽃 저 꽃으로 옮겨다니며 열심히 꿀을 모은다. 이때 저쪽에서 개미가 무거운 짐을 끌고 나온다.

개 미 영차! 영차!

꿀 벌 (돌아보며) 어서 오게.

개 미 (하던 일을 멈추고 땀을 닦으며) 여! 꿀벌 군. 일찍 나왔군 그래.

꿀 벌 좀이 쑤셔서 누워 있을 수가 있어야지.

개 미 나도 그래. 날이 밝자마자 첫 새벽에 나왔다네.

꿀 벌 (하늘을 쳐다보며) 일하기에는 정말 좋은 날씨 아닌가!

개 미 그렇고 말고. 이런 날엔 더욱 열심히 일을 해야지.

꿀 벌 암, 그래야지.

꿀벌과 개미 열심히 일을 한다. 그때 노랫소리와 함께 베짱이가 기타를 들고 등장한다.

베짱이 여어, 친구들! 수고가 많군 그래.

꿀 벌 (비꼬듯이) 자넨 여전히 세월이 좋군.

베짱이 이렇게 좋은 날 일만 할 게 뭔가. 나랑 같이 노래나 한 곡 부르세.

개 미 (못마땅하다는 듯) 놀기 좋아하는 자네나 실컷 노래 부르렴. 우린 지금 바쁘니까.

베짱이 저런! 고지식하긴. 일도 쉬어가면서 해야 능률이 오르는 법이라네.

개 미 (어처구니가 없다는 듯이) 자네가 일에 대해서 얘기하다니. 도대체 일이란 게 어떤 건지나 알고 하는 소리야?

베짱이 (당당하게) 그래, 나라고 일을 모를 줄 알구? 내겐 노래 부르는 게 일이야.

개 미 흥! 기가 막혀. 노래 부르는 게 일이라니, 그럼 노는 건 어떤 건데?

꿀 벌 (둘을 말리며) 왜들 이래, 그만해. 이러다 아침부터 싸우겠어.

베짱이 (개미를 노려보며) 남의 일에 참견 말라구.

개 미 (돌아서며) 흥!

베짱이는 나무에 기대서서 기타를 치며 노래를 부르기 시작한다. 꿀벌은 부지런히 꿀을 모아 나가고 개미는 한동안 귀를 막고 듣기 싫은 표정을 짓다가 서둘러 짐을 끌고 나간다. 베짱이는 혼자서 더욱 신나게 기타를 치며 노래를 부른다. 이때 깨돌이가 뛰어나와 함께 몸을 흔들며 어울린다.

베짱이 (기타를 치다 말고) 너 누구니?

깨돌이 아저씨, 저 모르세요? 깨돌이라고, 저 아랫마을에 사는…….

베짱이 오호라, 네가 바로 그 개미 아들 깨돌이구나.

깨돌이 예, 아저씨. 저도 아저씨처럼 기타 치는 것을 배우고 싶어요. 좀 가르쳐주세요, 네?

베짱이 (난처하다는 듯이) 글쎄……, 너희 아빠가 좋아하실까?

깨돌이 우리 아빤 일밖에 모르세요. 제 꿈은 가수가 되는 건데…….

베짱이 (결심한 듯이) 좋아. 내가 가르쳐주지. 그 대신 너희 아빠께는 비밀이다.

깨돌이 (좋아서 어쩔 줄 모르며) 아저씨, 감사합니다.

베짱이 (기타를 깨돌이 목에 걸어주며) 이렇게 목에 걸고 오른손으로 줄을 퉁기라구. 이렇게, 이렇게.

깨돌이 (시키는 대로 줄을 퉁기며) 이렇게요?

베짱이 옳지! 옳지! 넌 참 재주가 있는 아이구나.

깨돌이 헤헤, 뭘요.

베짱이 (한두 발짝 걸어나오며) 인생이란 말이야, 자기가 하고 싶은 일을 하며 사는 거라구. 이렇게 나처럼 말이야.

깨돌이 정말 아저씬 멋지세요. 저도 꼭 가수가 되고 말 거예요.

베짱이 그러렴. 자 우리 신나게 한 곡 부를까?

깨돌이 (좋아서) 예!

베짱이의 반주에 맞추어 둘이서 신나게 노래를 부른다. 한참 놀고 있는데 개미가 나타나 고함을 지른다.

개　미 (화난 목소리로 크게) 이 놈, 깨돌아!

깨돌이 (깜짝 놀라며) 아, 아빠!

개　미 (깨돌이의 머리를 쥐어박으며) 이 멍청한 녀석아! 게으름뱅이들이나 하는 짓거리를 하고 놀다니, 도대체 네가 지금 정신이 있는 아이냐?

깨돌이 (애원하듯이) 아빠, 그게 아니구요, 노래라는 건, 저…….

개　미 듣기 싫다! 도대체 노래를 부른다고 쌀 한 톨이라도 나오겠느냐? 일을 해야 먹고 살지!

깨돌이 (불만스럽게) 아빤 그저 일, 일, 일밖에 모르세요. 전 가수가 되고 싶단 말이에요. 그게 제 꿈이라구요.

개　미 (어처구니가 없다는 듯이) 뭐? 가수? (베짱이를 가리키며) 저렇게 빈둥거리며 노는 가수가 되겠다고?

베짱이 (화난 목소리로) 말조심하게. 노는 게 아니라네.

개　미 (베짱이를 노려보며) 우리 깨돌이를 꾀인 게 바로 자네지?

베짱이 뭐? 꾀었다고?

개 미 그래, 일밖에 모르던 아이에게 헛바람을 불어넣다니 …….

깨돌이 (아빠를 붙들며) 아니에요, 제가 아저씨께 기타를 가르쳐달라고 부탁했어요.

개 미 (깨돌이를 밀치며) 저리 비켜!

분을 못 삭인 개미가 갑자기 베짱이에게 달려들어 들고 있는 기타를 빼앗아서는 땅바닥에 내동댕이친다. 기타가 박살이 난다.

베짱이 (깜짝 놀라 박살이 난 기타를 끌어안고) 오! 내 기타! 내 기타! 으흐흐흐……. 내 기타가 망가지고 말다니……. 이제 다시는 노래를 할 수가 없어, 으흐흐흐…….

베짱이의 울음소리가 애절하게 들리는 가운데 무대가 어두워진다.

2

무대 밝아지면 조용한 숲 속의 한낮이다.

나무 1 개미가 베짱이의 기타를 부숴버린 건 너무했어.

나무 2 그래, 베짱이가 그렇게 아끼던 기타였는데.

나무 1 망가진 기타를 끌어안고 통곡하던 베짱이가 너무도 가엾더군.

나무 2 그런데 또 한편으로 생각하면 개미의 심정이 이해는 가.

나무 1 어떻게?

나무 2 자식을 바르게 키우려는 부모의 심정 말이야.

나무 1 일만 열심히 한다고 꼭 훌륭하게 될까?

나무 2 글쎄, 그렇지 않을 것 같기도 하고…….

나무 1 베짱이의 노랫소리가 들리지 않는 숲 속은 이상해.

나무 2 나도 그래. 왠지 쓸쓸하고 허전해.

나무 1 이젠 영원히 베짱이의 노랫소리를 들을 수 없는 걸까?

나무 2 아—, 따분해.

그때 저쪽에서 베짱이가 망가진 기타를 끌어안고 울면서 등장한다.

베짱이 (흐느끼며) 아, 내 기타! 내 기타가 이렇게 망가지다니! 흑흑……. 어쩌다가 이렇게 됐지?

베짱이가 기타를 쓰다듬으며 한참을 울다가 망가진 기타를 버리고 퇴장한다. 이 모습을 멀리서 개미가 물끄러미 바라보고 있다가 따라나가면, 토끼 두 마리가 어깨동무를 하고 「산토끼」 노래를 부르며 깡충깡충 뛰어서 등장한다.

토끼 1 (주위를 둘러보다가) 어? 숲 속이 왜 이리 고요하지?

토끼 2 정말! 숲 속이 텅 빈 것 같애.

토끼 1 무슨 일이 일어난 걸까?

토끼 2 글쎄…….

토끼 1 우리 고무줄놀이 하고 놀자.

토끼 2 그래.

고무줄을 꺼내어 한 가닥을 나무 기둥에 매고 「옹달샘」 노래에 맞춰 고무줄놀이를 하고 논다.

토끼 1 (폴짝폴짝 고무줄을 뛰어넘으며)
깊은 산 속 옹달샘 누가 와서 먹나요~
새벽에 토끼가~

토끼 2 얘, 틀렸어. 다시 해.

토끼 1 깊은 산 속 옹달샘 누가 와서 먹나요~

토끼 2 또 틀렸어. 이제 내가 할 차례야.

토끼 1 (고무줄을 받아 잡으며) 그래. 네가 해봐.

토끼 2 맑고 맑은 옹달샘 누가 와서 먹나요~
새벽에 토끼가~

토끼 1 너도 틀렸어.

토끼 2 이상하네. 오늘은 왜 이리 잘 안 되지?

그때 저쪽에서 깨돌이가 고개를 푹 숙이고 힘없이 등장한다.

토끼 1 (깨돌이를 발견하고) 쟤, 깨돌이 아냐?

토끼 2 응, 그래. 그런데 왜 저리 풀이 죽어 있지?

토끼 1 얘, 깨돌아. 너 왜 그리 힘이 없니?

토끼 2 무슨 걱정거리라도 있는 거니?

깨돌이 (힘없이) 우리 아빠가 베짱이 아저씨의 기타를 부숴버렸단 말이에요.

토끼 1 (놀라며) 왜? 어쩌다가?

깨돌이 내가 베짱이 아저씨랑 어울린다고 화가 나셨나 봐요.

토끼 2 뭐? 그렇다고 그만한 일로 기타를 부숴버려?

토끼 1 너희 아빠가 너무 심했군.

토끼 2 하긴, 베짱이도 좀 지나쳤지. 남들은 땀 흘려 일할 때 허구한 날 시원한 나무 그늘에서 노래나 불렀으니…….

토끼 1 그런 점은 있어.

깨돌이가 망가진 채 버려져 있는 기타를 발견하고 달려가 주워든다.

깨돌이 (울상이 되어) 이제 전 어쩌죠? 다시는 베짱이 아저씨가 노래를 부를 수 없다면 어떻게 하죠?

토끼 2 (고개를 끄덕거리며) 으음. 이제야 알겠군. 숲 속이 쥐 죽은 듯이 고요한 이유를 말이야.

토끼 1 뭔가 허전하다 했더니 바로 베짱이의 노랫소리가 빠졌었군.

깨돌이 베짱이 아저씨가 슬퍼하는 모습을 차마 볼 수가 없어요.

토끼 2 무슨 좋은 수가 없을까?

토끼 1 (고개를 갸웃거리다가) 부엉이 할아버지께 의논해보면 어떨까?

토끼 2 (무릎을 탁 치며) 그거 좋은 생각이군. 부엉이 할아버지라면 좋은 방법을 일러주실 거야.

셋이 서둘러 나가면 무대가 어두워진다.

3

다시 무대가 밝아지면 토끼들과 깨돌이가 부엉이에게 뭐라고 이야기하고 있다.

부엉이 (망가진 기타를 이리저리 살피며) 그러니까 개미가 베짱이의 기타를 이렇게 부숴버렸다, 이 말이지?

토끼들 예.

부엉이 흐음! 그것 참 일이 꽤 까다로운데 그래.

깨돌이 (간절하게) 할아버지, 제발 다시 베짱이 아저씨의 노랫소리를 들을 수 있게 해주세요, 예?

토끼 1 이 문제를 해결할 수 있는 분은 부엉이 할아버지뿐이라구요.

토끼 2 그래요. 할아버지께서 꼭 해결해주셔야 해요.

부엉이 알았다. 너무 걱정하지 마라. 곧 모든 것이 옛날처럼 좋아질 테니까.

토끼들, 깨돌이 (꾸벅 절하며) 고맙습니다, 할아버지.

부엉이 자, 그러면 우선 손재주가 좋은 너구리에게 기타를 수리하도록 해야겠군.

깨돌이 (걱정스럽게) 고칠 수 있을까요?

부엉이 너구리는 손재주가 좋아서 고쳐낼 게다.

토끼 1 그런 다음에는요?

부엉이 그리고는 음악회를 여는 거야. 이 숲 속의 온 동물들이 다 모여서 노래하며 즐겁게 노는 거지.

토끼들 (좋아서) 야! 신난다.

부엉이 그러면 너희들은 숲 속의 동물들에게 음악회 소식을 알려라. 나는 휑하니 너구리에게 다녀올 테니까.

토끼, 깨돌이 (신이 나서) 예!

부엉이가 기타를 들고 나가자 토끼와 깨돌이는 온 숲을 뛰어다니며 큰소리로 음악회 소식을 알린다.

토끼 1 음악회다! 잔치가 곧 벌어진대요!

토끼 2 숲 속 동물들은 다 모이세요!

깨돌이 부엉이 할아버지의 명령이에요. 한 분도 빠짐없이 다 모이세요!

다람쥐 (뛰어나오며) 뭐? 음악회라고? 그러잖아도 한바탕 신나게 놀고 싶더니 잘됐군.

사마귀 (어기적어기적 걸어나오며) 나도 그래. 역시 부엉이 할아버지는 우리 심정을 잘 아신단 말이야.

숲 속의 동물들, 토끼, 다람쥐, 여우, 산새, 꿀벌, 사마귀, 매미 등 모두 다 웅성거리며 몰려나온다. 개미와 베짱이도 힘없이 걸어나오고 깨돌이의 모습도 보인다. 부엉이가 지팡이를 짚고 허겁지겁 달려 들어온다.

부엉이 (모여 있는 동물들을 둘러보며) 여러분! 우리 숲 속 가족이 이렇게 한자리에 다 모이니 정말 반갑군요. 오늘은 날씨도 화창하고 하니 하던 일을 잠시 쉬고 신나게 한번 놀아봅시다. 여러분 생각은 어떠세요?

동물들 (좋아서 날뛰며 큰 목소리로) 좋습니다!

부엉이 자, 그러면 우선 분위기를 돋우는 뜻에서 다 함께 합창을 해볼까요? 다들 적당한 위치에 서고……, 산새와 매미는 반주할 악기를 가지고 오세요.

산새, 매미 예!

산새와 매미가 부리나케 달려나가 리코더와 하모니카를

들고 들어온다.

부엉이 (지휘봉을 들고 자세를 취하며) 자, 반주에 맞추어서 「숲 속을 걸어요」를 다같이 시 ― 작!

동물들 (다같이 노래를 부른다.)
숲 속을 걸어요~
낙엽을 밟으며~
머리 위엔 초록색 잎사귀~
스치는 바람~

동물들이 산새와 매미의 반주와 부엉이의 지휘에 맞춰 노래를 부른다. 그러나 힘이 없고 화음도 맞지 않는다.

부엉이 (노래를 중단시키며) 그만, 그만, 왜 이리 힘이 없지? 자, 다시 한 번 반주에 맞추어서 시 ― 작!

동물들 숲 속을 걸어요~ 산새 소리 들으며~
산딸기 한개 따서…….

부엉이 (다시 노래를 중단시키며) 그만! 아무래도 제 소리가 아니야. 화음도 전혀 맞지 않고. (둘러보며) 도대체 무엇이 문제지?

다람쥐 제 생각에는 뭔가 빠진 게 있는 것 같아요.

부엉이 빠진 거라……?

사마귀 (알았다는 듯이) 맞아요, 베짱이의 기타 반주가 빠졌잖아요.

여 우 그래요. 개미가 베짱이의 기타를 망가뜨리는 바람에 기타 반주를 할 수가 없게 되었어요.

개미는 고개를 숙인 채 말이 없고 베짱이도 힘없이 한쪽 구석에 서 있다.

부엉이 그 이야기는 나도 들었다. 남을 존중할 줄 모르고 자기 생각대로만 하다보니까 이런 일이 일어나지.

그때 너구리가 소리를 지르며 헐레벌떡 뛰어 들어온다.

너구리 기타를 고쳤어요, 부엉이 할아버지!

부엉이 (반갑게) 어서 오너라, 너구리야. 정말 재주가 좋구나.

베짱이 (뛰어나오며 기쁨에 넘치는 목소리로) 뭐? 내 기타를 고쳤다고? 그게 정말이야?

부엉이 (기타를 받아 베짱이에게 건네주며) 자, 이제 됐지? 열심히 한 번 해보렴. 너무 자만하지는 말고.

베짱이 (기타를 이리저리 살피며) 고맙습니다, 할아버지! 생각해보니 그동안 제가 너무 건방졌던 것 같아요. 남의 생각은 조금도 하지 않고 그냥 제 기분대로만 했으니…….

부엉이 (부드러운 목소리로) 그래, 이제 알았으면 됐어. 누구나 실수는 있는 법이니까.

베짱이 (너구리에게) 고마워, 너구리야.

너구리 뭘, 그런 걸 가지고.

이때 뒤쪽에 묵묵히 서 있던 개미가 앞으로 걸어나오며 베짱이에게 손을 내민다.

개　미 (베짱이의 손을 잡으며) 미안하네, 베짱이. 내가 좀 지나쳤던 것 같애.

베짱이 (손을 마주 잡으며) 아니야, 내가 경솔했어. 괜히 잘난 체했으니…….

개　미 사실 난 이번에 많은 걸 깨달았어. 각자 나름대로의 재주나 적성에 따라 열심히 살아가는 게 올바른 삶이라는 걸 말이야.

베짱이 나도 그래. 앞으로는 내 기분대로가 아닌, 남도 배려할 줄 아는 생활을 하겠어.

부엉이 (웃으며) 이거, 내가 할 말을 둘이서 다 해버리면 나는 무슨 말을 하지?

둘러선 동물들 모두 까르르 웃는다. 깨돌이가 앞으로 나와 베짱이에게 다가간다.

깨돌이 베짱이 아저씨, 미안합니다. 모든 게 다 저 때문에 일어난 일이에요.

베짱이 (깨돌이의 머리를 쓰다듬으며) 아니야, 넌 참 재주가 많은 아이더구나.

개 미 여보게, 베짱이. 부탁이 하나 있는데 들어주겠나?

베짱이 말해보게. 내가 할 수 있는 거라면 들어주고말고.

개 미 저, 내 아들 깨돌이 말이야. 가수가 되는 것이 제 꿈이라니, 자네가 깨돌이에게 노랠 좀 가르쳐줄 수 없겠나?

베짱이 (개미의 손을 덥석 잡으며) 그게 진심인가? 가르쳐주고말고. 반드시 깨돌이를 훌륭한 가수로 만들겠네.

개 미 (베짱이의 손을 더욱 꼭 쥐며) 고맙군, 베짱이.

깨돌이 (좋아서 펄쩍펄쩍 뛰며) 아빠, 고맙습니다, 고맙습니다! 아저씨, 고맙습니다!

둘러선 동물들 모두 손뼉을 치며 축하한다.

부엉이 모든 것이 잘 해결되었군. 자, 이제 다시 한 번 멋지게 합창을 해보자구.

동물들 (신이 나서) 예!

베짱이가 기쁜 표정으로 기타를 메고 선다. 부엉이의 지휘에 따라 모든 동물들이 즐겁게 노래를 부른다. 「숲 속을 걸어요」 노래가 온 숲 속에 아름답게 울려퍼지며 서서히 막이 닫힌다.

반돌이와 장군이

■ 때 : 겨울

■ 곳 : 지리산

■ 나오는 이들 : 반돌이, 장군이, 노고 할멈, 밀렵꾼 1, 밀렵꾼 2, 까마귀, 노루, 고라니, 산돼지들, 다람쥐.

1

막이 열리면 백발의 노고 할멈이 돌탑 앞에 서서 간절히 기도하고 있다.

노고할멈 (두 팔을 번쩍 들며) 아리 마리아 옴팔레! 옴팔레야 아리아 마리! 위대하신 천왕님이시여! 이 영험한 지리산의 모든 짐승들을 보호해주소서!

갑자기 휘— 바람이 불며 돌탑이 와르르 무너져내리자, 노고 할멈이 깜짝 놀란다.

노고할멈 (기겁하며) 오! 이게 무슨 변괴냐? 공든 탑이 무너지다니……, 불길한 징조로다!

그때 까마귀가 날아 들어오며 다급하게 소리친다.

까마귀 노고 할머니! 큰일 났습니다. 반순이가……, 반순이가…….

노고할멈 (놀라며) 반순이가 그래 어찌 됐단 말이냐? 어서 말해봐라.

까마귀 반순이가 밀렵꾼들 손에 그만……, 흑!

노고할멈 (더욱 놀라며) 뭐라구? 그럼 반순이가 죽었단 말이냐?

까마귀 그렇습니다, 할머니.

노고할멈 (지팡이로 땅을 내리치며) 이런 변이 있나! 그 못된 밀렵꾼 놈들이 기어이 이런 짓을 저지르고 말았구나.

노루와 고라니가 반순이의 시신을 들고와 노고 할멈 앞에 내려놓는다.

노 루 (비통한 목소리로) 예리한 칼로 반순이의 쓸개만 꺼내갔습니다.

노고할멈 (시신을 어루만지며) 내 그렇게 조심하라 당부했거늘…….

고라니 인간이 잔인하다는 건 알고 있었지만, 이렇게도 잔인할 줄은 미처 몰랐습니다.

노고할멈 내 탓이로다. 모두가 내 탓이로다. 내가 잠시 방심한 탓이로다.

노 루 어찌 이것이 노고 할머니 탓이겠습니까? 잔인하고도 이기적인 인간 탓이지요.

노고할멈 아니야, 내 품에 안겨온 어린 생명을 내가 지켜주지 못했구나.

고라니 (울먹이며) 이 원수를 어떻게 갚아야 좋을까요?

노고할멈 그런 생각은 하지 말라고 했지? 그런다고 해결될 일이 아니니라.

까마귀 반돌이와 장군이는…….

노고할멈 (다급하게) 그래, 반돌이와 장군이는 어찌 되었느냐?

까마귀 밀렵꾼에게 쫓기면서도 피아골 동굴로 잘 찾아가고 있어요. 까악 까악!

노고할멈 오! 그래, 그나마 다행이구나. 무슨 일이 있어도 반돌이와 장군이는 꼭 지켜내야 한다.

까마귀 예, 노고 할머니.

노 루 그냥 할머니께서 가셔서 저 못된 밀렵꾼들을 단번에 처치해버리면 안 될까요?

노고할멈 그건 안 된다. 인간들의 소행이 아무리 미워도 내가 직접 간여하지 않기로 천왕님과 굳게 약조를 했다.

노 루 (부르르 떨며) 총을 든 밀렵꾼이 너무 무서워요.

노고할멈 (화난 목소리로) 내가 산돼지들에게 밀렵꾼을 혼내주어 이 지리산에는 얼씬도 못하게 하라 일렀거늘……, 쯧쯧!

까마귀 산돼지들도 돌아다니며 애를 쓰고 있지만, 인간들이 원체 영악해서…….

노고할멈 (까마귀를 보고) 어서 날아가 반돌이와 장군이가 무사한지 다시 한 번 알아보고 오너라.

까마귀 예, 할머니. 까악 까악!

노 루 우리도 따라가보자.

고라니 그래.

까마귀가 까악 까악 울며 날아가면 무대가 어두워진다.

2

무대가 밝아지면, 반돌이와 장군이가 숨을 헐떡이며 들어온다.

반돌이 (숨이 턱에 차서) 좀 쉬었다 가. 숨이 차서 더 이상 못 가겠어.

장군이 (반돌이를 잡아끌며) 조금만 더 참아. 여긴 안전한 곳이 못 돼.

반돌이 (바위 위에 쓰러지듯 주저앉으며) 도저히 안 되겠어.

장군이 (할 수 없다는 듯이) 그럼, 잠깐만 쉬는 거야.

반돌이 알았어.

장군이는 사방을 두리번거리며 작은 바람소리에도 긴장한다.

반돌이 꼭 피아골까지 가야 돼?

장군이 노고 할머니의 당부야. 그곳이 가장 안전하다고 거기 동굴에서 겨울잠을 자라 하셨어.

반돌이 (멀리 인간들의 고함소리를 듣고는) 저 끈질기게 쫓아오는 인간들!

장군이 잔인한 밀렵꾼들이야. 우리의 쓸개를 노리고 있지.

반돌이 장군아. 우린 언제까지 이렇게 쫓겨다녀야 할까?

장군이 언제까지라니? 우리가 야생으로 돌아가기로 한 이상 이건 생활 자체라구.

반돌이 (놀라며) 생활 자체? 그럼 평생 이렇게 살아야 한단 말이야?

장군이 그래, 쫓기는 건 우리 야생 동물들의 숙명이지.

반돌이 맙소사! 평생을 쫓기며 살아야 한다니…….

장군이 우리가 살아남으려면 어쩌든지 인간에게서 멀리 달아나야 돼.

반돌이 (하품하며) 아, 졸려. 빨리 겨울잠을 자고 싶어.

장군이 기운 내. 곧 안전한 동굴을 찾을 수 있을 거야.

갑자기 무슨 소리에 반돌이와 장군이가 긴장하며 몸을 숨기려는데, 산돼지 두 마리가 불쑥 나타난다.

산돼지 1 (반갑다는 듯) 여! 겁쟁이들, 여기 있었구나.

산돼지 2 아직 죽지는 않았군, 히힛!

장군이 오, 오랜만이야.

산돼지 1 (반돌이를 툭 치며) 꼴이 말이 아닌데 그래. 얼마나 찾아다녔는지 알아?

반돌이 그, 그랬어?

산돼지 2 야, 좀 군세게 살아봐. 노고 할머니 걱정 좀 끼치지 말고.

반돌이 미안해.

산돼지 1 까짓것 닥치는 대로 사는 거야.

산돼지 2 아무렴. 이 지리산에서 살아가려면 배짱이 있어야 한다구.

산돼지 1 그렇고 말고! 배짱이야말로 우리의 생활 신조라 할 수 있지.

그때 다람쥐 한 마리가 달려나오며 소리친다.

다람쥐 사람이다! 사람이야!

모 두 (놀라며) 뭐? 사람?

산돼지 2 (잠시 코를 벌름거리고는) 틀림없어, 분명 사람 냄새야.

산돼지 1 (이를 부드득 갈며) 달려가서 확 받아버릴까?

산돼지 2 아서라, 피할 수 없는 경우가 아니면 사람을 해쳐서는 안 된다는 노고 할머니 말씀 잊었어?

산돼지 1 화약 냄새가 나는 걸 보니 밀렵꾼임에 틀림없어.

산돼지 2 이럴 땐 달아나는 게 상책이야.

산돼지 1 (두 곰에게) 너희들, 뒤돌아보지도 말고 우리만 곧장 따라와야 돼.

장군이, 반돌이 알았어.

동물들이 모두 허겁지겁 달아난 뒤, 밀렵꾼들이 엽총과 올가미 등을 들고 뛰어 들어온다.

밀렵꾼 1 분명 이 부근에서 소리가 났는데?

밀렵꾼 2 (바닥을 살피며) 이것 봐. 곰의 똥이 분명해.

밀렵꾼 1 이제 막 지나갔군.

밀렵꾼 2 (주위를 두리번거리다가) 앗! 저기야, 저기.

밀렵꾼 1 뭘 꾸물거리고 있어. 어서 쏴!

밀렵꾼이 숲 속으로 사라지는 반달곰을 발견하고 총을 겨누는 순간, 까악 까악 하고 까마귀 울음소리가 들린다.

밀렵꾼 2 (방아쇠를 당기려다가 갑자기 놀라며) 으앗! 이게 뭐야? 타앙! (총 헛쏘는 소리)

밀렵꾼 1 대체 어딜 보고 쏘는 거야?

밀렵꾼 2 내 눈! 내 눈! 눈에 뭐가 들어갔어!

밀렵꾼 1 (눈을 들여다보며) 뭐야 이게? (날아가는 까마귀를 발견하고) 으히히! 까마귀 똥이잖아?

밀렵꾼 2 뭐? 까마귀 똥?

밀렵꾼 1 히히힛, 히힛!

밀렵꾼 2 (손등으로 눈을 훔치고는 까마귀를 향해 총을 쏜다.) 에잇! 타앙!

밀렵꾼 1 아서라, 그래 봤자 소용없어.

밀렵꾼 2 (분을 참지 못해) 에잇! 에잇! 망할 놈의 까마귀!

두 밀렵꾼이 바위에 앉아 담배 한 대를 피워 물고 잠시 쉰다.

밀렵꾼 2 (갑자기 궁금한 듯) 그런데 말이야, 지리산에 왜 곰을 방사했을까?

밀렵꾼 1 그거야 모르지. 아무튼 그게 다 우리 복이 아니겠어?

밀렵꾼 2 맞아, 히히힛! (기분이 좋아져서) 어서 두 녀석을 잡아 쓸개를 꺼내야 할 텐데…….

밀렵꾼 1 아무렴, 그 두 녀석만 잡으면 우린 그 날로 고생 끝이라구.

밀렵꾼 2 한 마리는 나, 또 한 마리는 너, 어쩌면 꼭 두 마일까?

밀렵꾼 1 싸우지 말고 공평하게 한 마리씩 가지라는 얘기지 뭐.

밀렵꾼 2 히히힛! 맞아. (좋아라 히히거린다.)

밀렵꾼 1 (담뱃불을 비벼 끄며) 일어나. 멀리 가기 전에 빨리 쫓아가 잡아야 돼.

밀렵꾼 2 알았어.

밀렵꾼들이 '파이팅'을 외치며 손바닥을 짝 맞추고 나가면 무대 어두워진다.

3

무대가 밝아지면 노고 할멈이 안절부절못하고 있는 가운데, 까마귀가 까악 까악 울며 날아들고 그 뒤로 노루와 고라니도 따라 들어온다.

노고할멈 (다급하게) 그래, 어찌되었느냐?

까마귀 일단 위기는 넘겼습니다만, 녀석들이 여전히 끈질기게 따라붙고 있어요. 까악 까악!

노 루 히히힛! 까마귀가 총을 겨눈 녀석의 얼굴에다 배설물을…….

노고할멈 호호호! 그래, 잘했다.

까마귀 히히히 히힛!

노 루 그런데 노고 할머니, 아무리 생각해도 전 모르겠어요.

노고할멈 무얼 말이냐?

노 루 그 많던 지리산의 반달곰을 다 잡아죽인 인간들이 이제 또 무슨 바람이 불어 반달곰 세 마리를 지리산에 풀어놓았을까요?

노고할멈 인간들의 변덕을 어찌 알겠느냐만, 뒤늦게나마 잘못을 깨달은 듯하니 그나마 다행한 일이지.

고라니 어린 곰들을 풀어놓기만 하면 뭐합니까? 보호하지 않으면 밀렵꾼들이 다 잡아갈 텐데.

노고할멈 내 말이 바로 그 말 아니냐. 똑똑한 듯하면서도 실은 어리석은 게 인간이지.

까마귀 (걱정스럽게) 노고 할머니, 이대로 두었다간 아무래도 반돌이와 장군이가…….

노고할멈 걱정 마라. 그 못된 인간들의 버릇을 이번에 따끔하게 고쳐놓아야겠다.

노 루 (반기며) 그런 놈들이 다시는 이 지리산에 발을 못 붙이게 혼을 내주십시오.

노고할멈 오냐, 알았다.

노고 할멈이 지팡이를 찾아들고 돌탑 앞에서 주문을 외우기 시작한다.

노고할멈 아리 마리아 옴팔레! 옴팔레야 아리아 마리! 위대하신 천왕님이시여! 못된 인간들을 벌하여 주소서.

노고 할멈이 열심히 주문을 외우는 가운데 무대 점점

어두워진다.

4

무대 밝아지면 밀렵꾼들이 수풀 속에 숨어 있다. 눈발이 흩날리기 시작한다.

밀렵꾼 1 (속삭이듯) 우리가 빨리 왔지?

밀렵꾼 2 그래, 틀림없이 이리로 올 거야.

밀렵꾼 1 이번엔 실수 없이 하자구.

밀렵꾼 2 좋았어. 히힛!

밀렵꾼 1 탕! 하고 한 방에 곰을 잡아서는

밀렵꾼 2 쓸개만 쏙 빼내가는 거야.

밀렵꾼 1 아무도 모르게

밀렵꾼 2 그야말로 감쪽같이

밀렵꾼 1 히히힛!

밀렵꾼 2 히히히힛!

밀렵꾼 1 (웃다 말고 정색하며) 그런데 날씨가 갑자기 왜 이렇지?

밀렵꾼 2 눈이 오려는 게 아냐?

밀렵꾼 1 (놀라며) 뭐? 눈?

밀렵꾼 2 (하늘을 바라보다가) 큰일 났어, 눈이야!

주위가 어두워오며 눈발이 점점 굵어지기 시작하자 두 밀렵꾼이 당황한다.

밀렵꾼 1 그렇게 청명하던 날씨가 갑자기 왜 이렇지?

밀렵꾼 2 (허둥대며) 이게 바로 지리산 날씨라구.

밀렵꾼 1 어떻게 하지?

밀렵꾼 2 서둘러, 빨리 산을 내려가야 해.

밀렵꾼 1 곰쓸개를 바로 눈앞에 두고 내려가?

밀렵꾼 2 짜샤! 이런 판국에 곰쓸개가 문제야? 길을 잃으면 우린 끝이야!

밀렵꾼 1 아까워라.

밀렵꾼 2 (울상을 지으며) 폭설이야. 벌써 길이 안 보여.

밀렵꾼 1 (놀라며) 이럴 수가!

밀렵꾼 2 오! 지리산 산신령님, 잘못했습니다. 살려주십시오.

밀렵꾼 1 제발 눈을 그쳐주십시오. 다시는 나쁜 짓하지 않겠습니다.

밀렵꾼 2 (이리저리 헤매며) 길을 찾지 못하겠어.

밀렵꾼 1 (울먹이는 소리로) 우리가 벌을 받는 걸까?

밀렵꾼 2 무사히 살아 내려가기만 한다면 다시는 이런 짓 않겠어.

밀렵꾼 1 나도, 흐흑!

밀렵꾼들이 길을 찾아 이리저리 헤매다 나가면 뒤이어

반돌이와 장군이와 산돼지들이 등장한다.

반돌이 갑자기 폭설이 내리네.

산돼지 1 지리산은 자주 이래.

산돼지 2 틀림없어. 노고 할머니께서 놈들을 쫓아내려고 이러시는 걸 거야.

산돼지 1 이제 안심해도 돼. 이런 날씨엔 아무리 악랄한 밀렵꾼이라도 견디지 못하거든.

장군이 노고 할머니께서 이렇게까지 우리를 걱정해주시다니 …….

산돼지 1 그 녀석들, 이 지리산을 헤매다가 십중팔구 얼어 죽고 말 걸.

반돌이 그런데 우린 어떻게 동굴을 찾아가지?

산돼지 1 걱정 말아. 우린 눈감고도 찾아갈 수 있어.

산돼지 2 너희들은 우리만 따라와.

그때 멀리서 울리는 소리가 들려온다.

소 리 반돌아—, 장군아—, 어서 이리 오너라. 너희들이 편히 겨울잠을 잘 동굴이 여기 있다.

반돌이 (반가워서) 노고 할머니 목소리야!

장군이 그래, 할머니야!

반돌이, 장군이 (함께 입을 모아) 할머니—, 노고 할머니—!

반돌이와 장군이가 노고 할머니를 부르며 달려나가면 서서히 막이 닫힌다.

철없는 심 봉사

■ 때 : 옛날

■ 곳 : 심청이네 집

■ 나오는 이들 : 심청, 심 봉사, 뺑덕어멈, 돌쇠, 스님, 허준, 돌팔이 의원, 조수, 뱃사람 4~5명, 동네 사람들 4~5명.

막이 열리면 심청이가 심 봉사를 달래며 밥을 먹이고 있다.

심 청 (밥을 한 숟가락 떠서) 아버지! 아—하세요, 자, 어서요.

심봉사 (홱 돌아앉으며) 싫다! 눈뜨기 전에는 나 밥 안 먹을 겨.

심 청 (애원조로) 제발, 아버지! 지금 당장 공양미 삼백 석을 어디서 구해요? 그러지 말고 진지 드세요. 제가 시간을 두고 어떻게든 마련해볼 테니까요.

심봉사 (좋아라 돌아앉으며) 참말이지? 어, 언제쯤 마련할 겨? 나는 지금 한시가 급하다.

심 청 며칠만 더 참으세요, 아버지. 평생을 참아오셨는데 어쩜 그렇게 급하세요?

심봉사 (버럭 화를 내며) 아, 그때는 그때고! 눈을 뜰 수 있는 방도가 있다는데 그래, 안 급하게 생겼어?

심 청 자, 우선 진지나 드세요.

심봉사 (숟가락을 빼앗아 들며) 이리 줘. 내가 먹을 겨.

해 설 허! 저 철없는 심 봉사 보소! 꼭 어린애 같다니까요. 심청이 속이 얼마나 썩을까!

심 봉사가 손으로 더듬으며 허겁지겁 밥을 퍼먹는다. 그 사이, 심청은 마당으로 내려와 정안수 한 그릇을 떠놓고 천지신명께 빈다.

심 청 천지신명이시여! 저의 아버지 눈을 뜨게 해주소서!

심청이가 몇 번이나 빌고 또 빈다. 그때 심 봉사가 꽥 소리를 지른다.

심봉사 아, 물 안 줄겨?
심 청 예! (달려나가 물을 떠와서 심 봉사에게 건넨다.)

그때, 열린 문으로 몽운사 스님이 나타나 염불을 하기 시작하자, 심청이 황급히 스님을 한 옆으로 끌고 간다.

심 청 (작은 소리로) 어쩐 일이세요, 스님?
스 님 나무관세음보살—. 약속하신 공양미 삼백 석이 어찌 되어가나 하고 궁금해서 들렀습니다.
심 청 (한숨을 쉬며) 그렇게 많은 공양미를 어떻게 그리 쉽게 구하겠습니까?
스 님 나무관세음보살—. 부처님을 희롱하면 안 되는데……. 무간지옥에 떨어지게 되지요.
심 청 (사정하듯) 좀더 시간을 주십시오.

담배를 피우고 앉아 있던 심 봉사가 이상한 기미를 채고 심청에게 묻는다.

심봉사 뉘가 왔느냐, 청아?

심 청 (황급히) 아, 아, 아닙니다. (급히 스님을 떠밀어 내보낸다.)

심봉사 (휘적휘적 걸어나오며) 아이고! 빨리 눈을 떠야 할 텐데…….

심 청 어디 가시려고요?

심봉사 갑갑해서 못 살겠다. 내 바람 좀 쐬고 오마.

심 청 (걱정스럽게) 조심해서 다녀오세요.

심봉사 오냐.

심 봉사가 지팡이를 짚으며 더듬더듬 나가자, 심청이 선반 위에 있는 단지를 내려 그 안에 모은 돈을 센다.

심 청 (센 돈을 움켜진 채) 어찌 할꼬! 어찌 할꼬! 남의 집 밭일에 온갖 허드렛일에, 밤잠 안 자며 바느질해 그동안 모은 돈이 겨우 스무 냥! 이 돈 가지고 공양미 삼백 석이라니 턱도 없다. (눈물을 짓는다.)

그때 돌쇠가 나타난다.

돌 쇠 (마당으로 쑥 들어서며) 심청아, 뭐 하고 있니?

심 청 (깜짝 놀라며) 아유! 깜짝이야. 기척을 하고 와야지, 어째 도둑고양이처럼 살금살금 들어오니?

돌 쇠 (심청의 손목을 덥석 잡으며) 심청아! 나랑 도망가자. 애먹이는 아버지 내버려두고 나랑 멀리 도망가서 살자. 내 널 행복하게 해줄게, 응?

심 청 (돌쇠를 사정없이 밀치며) 이거 못 놔? 그런 말 하려거든 다시는 내 눈앞에 얼씬도 하지 마라. 너 같으면 병든 부모 두고 도망가겠니?

돌 쇠 (울상이 되어) 그럼 어떻게 할겨? 정말 공양미 삼백 석을 준비할겨?

심 청 (다부지게) 하는 데까진 해봐야지.

돌 쇠 (쥐고 있는 돈을 보고) 그게 몇 냥인데?

심 청 스무 냥.

돌 쇠 애개개, 겨우 스무 냥! 천 냥은 있어야 쌀 삼백 석을 살 수 있어!

이때 뺑덕어멈이 들어오다가 우연히 엿듣는다.

뺑덕어멈 (혼잣말로) 어머머! 조 여우같은 게 언제 스무 냥이나 모았지?

심 청 (한숨을 쉬며) 부처님도 너무하시지. 우리 형편에 삼백 석을 어찌 구하라고……, 흑!

돌 쇠 (갑자기 생각난다는 듯이) 저 경상도 산음 땅에 허준이라는 용한 의원이 산다는데, 허준 선생을 불러와 보이면 어떨까? 못 고치는 병이 없대.

심 청 (반색을 하며) 정말! 나도 허준 선생의 이름은 들었어. 여태껏 왜 그 생각을 못했지? 그렇게만 할 수 있다면 얼마나 좋을까.

돌 쇠 (좋아하며) 그럼, 내 이 길로 휑하니 가서 허준 선생을 모시고 올게.

심 청 정말, 그래주겠니? 그런데 그 먼데서 여기까지 허준 선생이 와줄까?

돌 쇠 내가 어떻게든 구슬려서 선생을 모셔올게.

심 청 (돌쇠의 손을 잡으며) 고맙다, 돌쇠야!

돌 쇠 헤헤헤! 뭘 …….

돌쇠가 짚신을 고쳐 신고 나선다.

심 청 (걱정스럽게) 조심해서 다녀와.

돌 쇠 걱정 말어. (한두 발짝 나가다가 돌아보며) 저, 아버지 눈뜨면 나랑 혼인해주는 거지?

심 청 (수줍어하며) 아이, 일단 어서 다녀오기나 해.

돌쇠가 좋아서 달려나간다. 그러다가 숨어 있던 뺑덕어멈과 부딪쳐 벌렁 넘어진다.

빵덕어멈 아유! 눈은 달고 어디다 쓰는 거야?

돌 쇠 (털고 일어나며) 내가 할 소리네. 빵덕어멈은 웬 일이슈?

빵덕어멈 나야 뭐……, 호호호! 그냥 지나가던 길이지. (어물어물 나간다.)

심 봉사가 흥얼거리며 들어온다.

심봉사 (비틀거리며) 신고산이 우루루루루 화물차 떠나는 소리에~.

심 청 (달려가 심 봉사를 부축하며) 아버지, 약주 잡수셨어요?

심봉사 응, 그래! 내 황 봉사랑 한 잔 했다.

심 청 아버지, 갑갑하셔도 며칠만 더 참으세요. 허준 선생을 모시러 갔으니 곧 좋은 소식이 있을 거예요.

심봉사 허준이? 허준이가 누군데?

심 청 조선의 명의 허준 선생 소문을 못 들으셨어요?

심봉사 부처님께 공양미 삼백 석 시주 안 하고?

심 청 부처님 시주보다 허준 선생이 눈 치료를 더 잘 한대요.

심봉사 (잠시 생각하다가) 어쨌든지 내 눈만 뜨게 해다오.

심 청 (자신 있게) 예, 아버지!

심봉사 아이고! 눈이 성한 사람들은 좋겠더라. 일요일 마다 단풍 구경 다니고…….

심 청 너무 부러워 마세요. 아버지도 곧 눈을 뜨실 텐데요, 뭐.

심봉사 (마루에 벌렁 드러누우며) 눈뜰 생각을 하니 한시가 급하다.

뺑덕어멈이 들어오고, 그 뒤로 두 사람이 들어온다.

해 설 (부채로 가리키며) 저, 저, 저, 간교한 뺑덕어멈이 아무래도 뭔 일을 꾸미는 것 같은데……, 쯧쯧! 어째 저런 인간이 이웃에 있어 가지고……. 아무튼 어떻게 하는지 한번 봅시다요.

뺑덕어멈 (호들갑스럽게 웃으면서) 호호호호! 심청아! 내가 너의 아버지 눈을 뜨게 할 용한 의원을 모시고 왔다.

심 청 (놀라며) 의원이라니요?

뺑덕어멈 아, 조선 제일의 의원이란다. 못 고치는 병이 없대.

심 청 조선 제일의 의원은 허준 선생인데?

뺑덕어멈 아, 허준이는 소문만 났고……, 허준이보다 훨씬 낫대.

심봉사 (벌떡 일어나 앉으며) 그 그럼, 내 이 눈먼 것도 고칠 수 있답디까?

돌팔이의원 (나서며 큰소리로) 아, 고치고말고요. 어디 봅시다. (심 봉사 눈을 이리저리 한참 들여다보고는) 지금 당장 수술을 해야겠습니다.

뺑덕어멈 (심청에게) 싸게 해준대. 수술비는 스무 냥이래.

심 청 스무 냥이 어디 있어요?

뺑덕어멈 에이, 왜 없어? (선반 위 단지를 가리키며) 조—기! 조 단지 속에 스무 냥 있는 거, 내 다 아는데…….

돌팔이 시간을 늦추면 영원히 못 고칩니다. 스무 냥에 쌍꺼풀 수술까지 해드리죠.

심봉사 (좋아서 입이 헤벌쭉 벌어지며) 쌍꺼풀 수술까지!

뺑덕어멈 (호들갑스럽게) 어머! 어머! 스무 냥에 쌍꺼풀 수술까지! 공짜네, 공짜!

심봉사 (심청을 붙들고) 청아! 나 수술 받을래. 나 쌍꺼풀 수술하고 싶어.

심 청 아버지, 아버지가 쌍꺼풀 수술해서 뭘 하시려고요?

심봉사 (화를 내며) 뭘 하다니? 뭘 하다니? 황 봉사가 쌍꺼풀눈이라고 얼마나 자랑하는데…….

심 청 안 돼요, 아버지. 허준 선생에게 치료를 받아야 돼요. 허준 선생이 곧 오실 거예요.

심봉사 (시큰둥해서) 허준이가 언제 오는데?

심 청 한 사나흘 지나면 오실 거예요.

심봉사 사나흘씩이나!

돌팔이 (겁을 주듯) 사나흘 후면 허준이가 와도 헛일일 겁니다.

뺑덕어멈 사나흘 후면 헛일이라잖아. 청이 네가 아버지께 평생 후회할 짓을 할 작정이니?

심봉사 (보채듯) 나 지금 수술 받고 싶다, 청아! 쌍꺼풀 수술도 받고 싶어.

심 청 (안타까운 듯) 아버지!

해 설 허! 심 봉사 고집을 심청이가 어떻게 꺾겠습니까? 결국 수술을 받게 되었지요.

심 봉사가 마루에 누워 있고, 그 옆에서 심청은 천지신명께 빌고 있다.

심 청 천지신명이시여! 수술이 잘 되어 부디 저의 아버지 눈을 뜨게 해주소서!

돌팔이 (수술 칼을 치켜들며 조수에게) 손발을 꼼짝 못하게 꽉 잡아.

조 수 예.

심봉사 (겁에 질려서) 아, 안 아프게 살살 하셔.

돌팔이 걱정 마쇼! 안 아프게 할 테니.

심봉사 아아! 아아악! (고함을 지른다.)

돌팔이 다 끝났습니다.

심청이 돈 스무 냥을 건네주며 걱정스럽게 묻는다.

심 청 수술은 잘 되었겠지요?

돌팔이 아, 그럼은요. 하루쯤 지나면 눈을 뜨게 될 겁니다.

뺑덕어멈 (호들갑스럽게) 하루 지나면 눈을 뜬대. 걱정 말어.

돌팔이 의원이 돈을 받아 나가면서 열 냥을 슬쩍 뺑덕어멈 손에 쥐어준다. 뺑덕어멈이 돈을 받으며 눈을 찡긋한다.

해 설 내 저럴 줄 알았다니까! 못된 빼덕어멈 같으니라고! 그건 그렇고, 하루만 지나면 눈을 뜨게 될 거라고 한 것이 하루가 아니라 사흘이 지났는데도 심 봉사의 눈이 뜨이기는커녕 오히려 수술한 눈이 아프다고 저 난립니다요.

심봉사 아이고 눈이야! 아이고 내 눈! 내 눈!

심 청 (안타까운 듯) 그러게 내 뭐랬어요? 며칠 기다렸다가 허준 선생에게 보이자고 해도 그 고집을 부리시더니……, 이제 어쩌면 좋아요? 흑흑!

그때 헐레벌떡 돌쇠가 뛰어 들어오고, 그 뒤로 허준이 따라 들어온다.

돌 쇠 (숨을 헐떡이며) 심청아! 허준 선생님이 오셔.

심 청 (반가워서) 아이고, 선생님! 어서 오십시오. 제발 저의 아버지 눈을 고쳐주십시오.

심봉사 허준 선생! 내 눈! 내 눈! 내 눈 좀 고쳐주소.

허 준 어디 봅시다. (심 봉사의 눈을 들여다보다가 깜짝 놀라며) 어쩌다가 눈을 이 지경으로 만드셨습니까?

심봉사 그 돌팔이 녀석이, 그 녀석에게 속아서 그만…….

심 청 (두 손을 빌며) 선생님! 이렇게 빕니다. 저의 아버지 눈을 뜨게 해주세요.

허 준 (머리를 가로저으며) 누가 수술을 했는지는 몰라도 시신경을 끊어버렸습니다. 그렇지 않았다면 침으로 고칠 수 있었는데……, 저로서도 어쩔 수 없군요.

허준이 보따리를 싸서 휑하니 가버린다.

심봉사 (발광하듯) 아이고 내 눈! 부처님! 용왕님! 산신령님! 내 눈 좀 뜨게 해주십시오.

돌 쇠 (울먹이며) 그새를 못 참고 그런 짓을 저지르다니……, 심 봉사 어른이 눈을 떠야 내가 심청이랑 혼인할 텐데…….

심 청 (눈물을 닦으며) 돌쇠야, 미안해. 네가 고생만 했구나.

뺑덕어멈이 또 뛰어 들어온다.

뺑덕어멈 청아, 나 좀 보자. 좋은 소식이야, 정말 좋은 소식이야.

돌 쇠 (흘겨보며) 또 무슨 짓을 꾸미려고 저러지? 못된 뺑덕어멈 같으니라구!

심청을 옆으로 끌고 간 뺑덕어멈이 심청의 귀에 대고 뭐라고 소곤거린다.

뺑덕어멈 어때? 괜찮지? 해볼껴?

심 청 (작은 소리로) 정말 삼백 석을 준답디까?

뺑덕어멈 암! 그렇게만 하면 삼백 석에다 아버지가 평생 먹고 살 재물까지 다 준댜!

심 청 (조금 생각하다가) 그 사람들을 제가 좀 만나볼 수 있을까요?

뺑덕어멈 그럼! 만나볼 수 있지.

심청이 뺑덕어멈 뒤를 따라나가자, 돌쇠도 따라나가며 소리친다.

돌 쇠 심청아, 무슨 일인데 그러니? 쓸데없는 짓 하면 안 된다.

해 설 허! 뺑덕어멈이 무슨 말을 했는지는 여러분도 다 아시죠? 결국 심청은 고민 고민하다 아버지의 눈을 뜨게 할 방법은 이제 부처님 힘을 빌리는 길밖에 없다고 판단하고, 장사하는 뱃사람들에게 공양미 삼백 석에 몸을 팔기로 한 거죠. 쯧쯧! 불쌍한 심청이!

심 청 (힘없이 들어와 심 봉사를 붙들고) 아버지! 부디 눈을 떠서 행복하게 오래오래 사세요.

심봉사 (깜짝 놀라며) 눈을 뜨다니, 네가 이 애빌 놀리는겨 시방?

심 청 흑흑! 아버지! 반드시 부처님께서 아버지 눈을 뜨게 해주실 겁니다.

심봉사 (심드렁하게) 부처님이라고 뭐 공짜로 눈을 뜨게 해준다던? 에구 돈이 웬수지.

갑자기 바깥이 웅성거리더니 뱃사람들이 들어온다.

뱃사람 1 낭자! 떠날 시간이오.

뱃사람 2 공양미 삼백 석은 몽운사 절에 다 실어 보냈소이다.

심봉사 (놀라며) 엥? 이게 무슨 소리여? 공양미 삼백 석을 부처님께 시주하다니, 대체 삼백 석이 어디서 났다는 겨?

심 청 (심 봉사를 와락 끌어안으며) 아버지! 흑흑!

이때 돌쇠가 허겁지겁 뛰어 들어오며 소리친다.

돌 쇠 심청아! 이게 무슨 날벼락 같은 소리냐? 네가 공양미 삼백 석에 몸을 팔아 인당수에 빠져 죽으러 간다니, 세상에 이런 일도 있는 거냐?

심봉사 (화들짝 놀라며) 뭐이라? 우리 청이가 공양미 삼백 석에 몸을 팔아 죽으러 가? 대체 이게 뭔 소리여?

뺑덕어멈 아, 심 봉사 어른이 하도 눈! 눈! 하니까 심청인들 어쩌겠소? 몸이라도 파는 수밖에.

심봉사 안 된다! 못 간다! 세상에 이런 법은 없다. 아무리 내가 눈을 뜨고 싶어 환장했다 하더라도 자식 목숨을 팔아 눈을 뜨고 싶을까! 야, 이 놈들아! 이 나쁜 놈들아! 어디서 사람 목숨을 사서 장사하는 법이 있더냐?

돌 쇠 (와락 뱃사람의 멱살을 움켜잡고) 야, 이 자식들아! 장사해서 돈만 벌면 다여? 네 놈들이 사람이여?

뱃사람 3 뭐 이런 녀석이 있어? (홱 뿌리치자 돌쇠가 나자빠진다.)

심 청 (달려가 돌쇠를 일으키며) 돌쇠야, 미안해. 너랑 혼인해서 행복하게 살고 싶었는데……. (눈물을 훔치고는) 우리 아버지를 부탁해.

돌 쇠 (쥔 주먹을 부르르 떨며) 으흐흐흑!

뱃사람 4 자. 서두르세.

심봉사 (지팡이를 마구 휘두르며) 이 놈들아! 야 이 놈들아! 차라리 날 죽이고 청이를 데려가거라. 청아—! 내 딸 청아—!

심 청 (돌아보며) 아버지—!

뱃사람들이 심청을 데리고 나가자 심 봉사가 마당에 엎어져 고래고래 고함을 지르고, 돌쇠는 엉엉 울며 심청 뒤를 따라 뛰어나간다. 동네 사람들도 눈물을 훔치며 그 모습을 바라보고 있는 가운데 서서히 막이 닫힌다.

노루와 보석

■때 : 눈 온 날

■곳 : 산골 마을

■나오는 이들 : 성원, 민지, 아빠, 엄마, 할머니, 삼촌, 스님, 아빠노루, 엄마노루, 새끼노루.

■무대 : 눈이 소복이 쌓여 있는 시골집 마당이다.

아직 눈이 그치지 않고 조금씩 내리는 가운데, 성원과 민지가 쌓인 눈을 뽀드득 뽀드득 밟으며 좋아라 돌아다니고 있다.

성 원 (신이 나서) 하얀 눈 위에 구두 발자국~
바둑이와 같이 간 구두 발자국~

민 지 (따라서) 누가 누가 새벽길 떠나갔나~
외로운 산길에 구두 발자국~

성 원 (두 팔을 쩍 벌려 쳐들며) 눈아, 계속해서 자꾸 자꾸 내려라.

민 지 마당에도 지붕 위에도 산과 들에도 내려 온 세상을 하얗게 덮어다오.

성 원 (민지에게 눈을 뭉쳐 던지며) 메롱, 히히힛!

민 지 으앗! 오빠, 이러기야?

둘이서 신나게 눈싸움을 하는 가운데 할머니가 마루로 나와 아이들이 노는 모습을 바라본다.

할머니 밤새 눈이 많이도 내렸구나.

엄 마 (부엌에서 나오며) 그러게요, 어머님. 웬 눈이 이리도 많이 내렸는지.

할머니 눈이 많이 오면 그 해에 풍년이 든다고 했지.
올해도 풍년이 들겠구나.

엄 마 그러면 얼마나 좋겠어요.

할머니 (아이들을 향해) 성원아, 민지야, 손 시리다. 그만 해라.

성 원 예, 할머니. 조금만 더 놀고요.

엄 마 아이들은 눈이 오면 저렇게도 좋은가봐요.

할머니 그러게 말이다. (일어나다가 다시 주저앉으며) 에구! 에구! 또 무릎이 욱신욱신 쑤셔오는구나.

엄 마 (할머니를 부축하며) 조심하셔요, 어머님.

할머니 (걱정스럽게) 눈이 오면 아이들이야 좋아한다만, 산짐승들은 이 눈 속에 무얼 먹고 살꼬!

엄 마 그러게 말이에요.

무대가 잠시 어두워졌다가 밝아지면 노루 가족이 사는 동굴이다.

아빠노루 (굴 밖을 내다보며 원망스럽게) 눈이 또 내리네.

엄마노루 하늘도 무심하시지, 우리 짐승들은 어떻게 살라고 이러는 걸까? (한숨을 쉰다.)

새끼노루 배고파요, 엄마.

엄마노루 (안타깝게) 아가야, 조금만 더 참으렴. 지금은 어쩔 수가 없단다.

새끼노루 (엄마노루를 붙들고 흔들며) 엄마 — 흐응!

아빠노루 (벌떡 일어나며) 안 되겠소. 내가 인가에 내려가 먹을 걸 좀 구해와야겠소.

엄마노루 (불안한 듯) 인간에게 붙잡히면……. 뒷골 황노루 영감도 작년 겨울에 변을 당했잖아요.

아빠노루 그렇다고 이대로 굶어죽을 수는 없지 않소.

엄마노루 다른 방법은 없을까요?

아빠노루 무슨 방법이 있겠소? 그저 인간들의 동정심에 기대를 걸어보는 수밖에.

엄마노루 (아기노루를 껴안으며) 우리 아기에게 먹일 풀 한 줌이라도 구할 수만 있다면…….

아빠노루 다녀오리다.

엄마노루 잠깐만! (바위틈에서 무언가를 꺼내주며) 이걸 가지고 가세요.

아빠노루 (건네주는 걸 받아들고) 이건……?!

엄마노루 그래요. 우리 짐승에겐 아무 소용없지만 인간들은 이걸 무척 좋아하죠.

아빠노루 알았소. (입에 넣고 삼킨다.)

엄마노루 부디 조심하세요, 여보!

아빠노루 (나가며) 걱정 말고 기다리구려.

아빠노루가 걸어나간 뒤 무대가 어두워졌다가 밝아지면, 다시 성원이네 집 마당이다. 성원과 민지가 키득거리며 눈밭에서 뛰어놀고 있는데 비실비실 노루 한 마리가 나타난다.

민 지 (깜짝 놀라며) 야, 노루다!

성 원 어디, 어디?

민 지 저기!

성 원 오! 정말!

할머니 (노루를 발견하고) 정말 노루구나!

엄 마 노루가 먹이를 찾아 인가로 내려왔나보네요.

할머니 그래, 오죽 배가 고팠으면 여기까지 내려왔을까.

엄 마 무청 말린 것이나 고구마 줄기 같은 거라도 좀 줘야겠어요.

할머니 그러려무나.

엄마가 광에서 이것저것 소쿠리에 담아와 노루 앞에 놓아주자, 노루가 허겁지겁 맛있게 먹는다.

성 원 배가 많이 고팠나보다.

민 지 (노루를 바라보며) 먹는 모습이 너무도 귀여워.

성 원 오물오물 씹어 먹는 게 꼭 아기 같애.

할머니 잘 내려왔다, 노루야. 많이 먹고 가렴.

그때, 아빠와 삼촌이 들어오다가 이 모습을 본다.

아 빠 (놀라며) 아, 노루!

삼 촌 야! 이거 제법 큰놈인데. 드디어 한 마리 걸려

들었네요.

아 빠 (손가락을 입에 대며) 쉿! 어머니 들으실라.

삼 촌 (따라서) 쉿!

아 빠 (삼촌의 귀에 대고 소곤소곤) 알았지?

삼 촌 예, 예. 어머니 병환에 약이 된다면야 무슨 짓인들 …….

아 빠 (살며시 들어서며) 야, 이 녀석이 배가 많이 고팠구나.

할머니 그러게 말이다. 그래도 이렇게 인가를 찾아 내려왔으니 망정이지 …….

아 빠 암요. 정말 영리한 녀석이군요.

노루가 갑자기 불안한 듯 주위를 살피며 힐끔힐끔 눈치를 본다.

아 빠 (황급히) 어머니, 추운데 이제 방에 들어가세요. 감기 들겠어요.

할머니 괜찮다. 모처럼 햇볕을 쪼이니 좋구나.

아 빠 눈바람이 매서운데 그만 들어가시는 게 좋겠어요. (삼촌을 보고) 경식아, 어머니 방으로 모셔라.

삼 촌 예, 형님. (할머니를 부축하며) 자, 엄마. 들어가세요.

할머니 (마지못해 일어나며) 글쎄 괜찮다는데 그러는구나. (방으로 들어간다.)

할머니가 방으로 들어간 뒤, 아빠와 삼촌이 조심스럽게 노루에게 다가가자 노루가 남은 먹이를 한 입 물고 재빨리 돌아선다.

성 원 엄마, 노루가 먹이를 물고 가려나봐요.

엄 마 으응, 그렇구나. 아마 새끼에게 갖다주려나보다.

아 빠 (낮은 목소리로) 경식아, 살그머니 뒤로 가서 어서 녀석을 붙잡아라.

삼 촌 예, 형님.

민 지 (놀라며) 뭐 하시게요, 아빠?

아 빠 (이해를 구하려는 듯) 으응, 저 노루가 말이다, 할머니 병환에 꼭 필요하단다.

성 원 할머니 병환에 노루가요?

엄 마 (못마땅해서) 여보, 꼭 그래야겠어요?

아 빠 그럼 어머니 신경통이 점점 더 심해지시는데 보고만 있을 거요?

엄 마 차라리 한 번 더 어머님을 병원에 모시고 가보는 게 어때요?

아 빠 (화를 내며) 병원에 한두 번 모시고 다녔소? (목소리를 낮추어) 그리고 지금 형편에 병원에 모시고 갈 돈이 어디 있다고 그래요? 자꾸 말시키지 말고 들어가 물이나 끓여요.

삼 촌 (살금살금 다가가 노루를 붙잡는다.) 잡았다!

아 빠 옳지, 옳지! 잘했다. (새끼줄을 찾아들고 달려가 노루의 발에다 묶는다.)

삼 촌 (버둥거리는 노루를 끌고 나오며) 이 녀석 꽤 힘이 센데요?

아 빠 저쪽 기둥에다 단단히 묶어라.

무대가 어두워졌다가 밝아지면 다시 노루 가족이 사는 동굴이다.

새끼노루 엄마, 아빠가 왜 아직 안 돌아오실까요?

엄마노루 (걱정스럽게) 그러게 말이다. 아무 일 없어야 할 텐데…….

새끼노루 아빠가 먹을 것을 꼭 구해가지고 오시겠죠?

엄마노루 (아기노루를 꼭 껴안으며) 그럼, 구해오고말고! (눈물을 훔친다.)

무대가 어두워졌다가 밝아지면 성원과 민지와 삼촌이 묶여 있는 노루를 바라보고 있다.

민 지 (가여워서 못 보겠다는 듯) 노루가 너무 불쌍해!

성 원 그래, 사람을 믿고 먹이를 찾아 내려왔는데 붙잡히고 말다니.

민 지 정말 신경통에 노루가 좋을까?

삼 촌 노루 뼈를 고와먹으면 신경통이 말끔히 사라진대.

민 지 그래도 노루가 불쌍해.

성 원 (노루의 눈을 들여다보다가) 저것 봐. 눈에 눈물이 고여 있어.

삼 촌 그렇게 봐서 그런 거야.

성 원 아냐, 눈물이야.

삼 촌 (냉정하게) 짐승은 눈물을 흘리지 않아.

그때 아빠가 솥을 들고 나와 마당가 한쪽에 걸며 삼촌에게 말한다.

아 빠 경식아, 얼른 가서 물 한 통 길어오너라.

삼 촌 예, 형님. (물통을 들고 나간다.)

아 빠 이것 고와 드시고 어머니 신경통이 씻은 듯이 싹 나으셔야 할 텐데…….

엄 마 (나무를 한 아름 들고 나오며) 그런데 어머님이 이 고깃국을 쉽게 드실까요?

아 빠 그러니까 어머니껜 비밀로 해야 돼요. 소고기국이라 하고 드려야지.

민 지 (울먹이며) 아빠, 정말 노루를 잡아먹을 거예요?

아 빠 (멈칫해서) 오! 민지야, 잡아먹는 게 아니고 할머니 약에 쓸 거라니까.

민 지 그게 그거 아녀요?

성 원 배가 고파 먹이를 찾아 내려온 짐승을 잡아먹는다는 게 너무 잔인해요.

아 빠 (곤혹스러워하며) 저 민지야, 성원아. 토끼전 이야기 알지? 바다 속 용왕님도 병환에 쓰려고 육지에서 토끼를 잡아오지 않던?

성 원 그래도 결국은 토끼를 놓아주었잖아요?

아 빠 (단호하게) 여러 말 할 것 없다. 지금은 할머니 병환보다 더 중요한 것은 없어.

민 지 (사정하듯) 아빠!

아 빠 (엄하게) 너희들은 나가 놀다 오너라.

성원과 민지가 시무룩해서 걸어나온다.

민 지 아빠가 미워!

성 원 (타이르며) 그렇지는 않아. 할머니 병환 때문에 아빠도 마음이 아프면서 그러시는 걸 거야.

민 지 (흐느끼며) 몰라! 몰라!

성 원 (민지를 달래다가 결심한 듯) 저, 민지야. 우리가 몰래 노루를 풀어줄까?

민 지 (놀라며) 뭐? 할머니 병환은 어쩌구?

성 원 할머니 신경통이 노루 고기 잡수신다고 낫겠어?

그보다는 엄마 말씀처럼 할머니를 또 병원에 모시고 가는 게 옳다고 생각해.

민 지 나도 같은 생각이야. 할머니 생각도 그러실 거고.

성 원 모르긴 해도 할머니께서 눈치 채시면 절대로 노루 고기 안 드실 걸.

민 지 그야 물론이지.

성 원 그러니까 우리가 노루를 풀어주자는 거야.

민 지 (망설이며) 아빠가 몹시 화내실 텐데…….

성 원 넌 오빠만 믿어. 아빠도 나중에는 우릴 이해해 주실 거야.

민 지 (주먹을 꼭 쥐며) 좋아. 노루가 불쌍해서 더 이상 못 보고 있겠어.

둘이서 살금살금 노루에게로 다가간다. 그동안에 아빠와 삼촌은 솥에 물을 붓고 아궁이에 불을 지피고는 부산하게 노루 잡을 준비를 한다.

민 지 (작은 소리로) 오빠, 빨리 해!

성 원 그래.

아 빠 (힐끗 돌아보고는) 너희들은 나가 놀아라.

성 원 (움찔 놀라며) 예? 예, 아빠.

몇 발짝 돌아나오다가 아빠가 부엌에 들어가는 걸 보고

재빨리 노루에게로 달려가 묶은 끈을 푼다.

민 지 (다급하게) 빨리 빨리!
성 원 알았어.

드디어 새끼줄을 풀고 노루를 놓아준다.

성 원 (노루의 등을 밀며) 노루야, 어서 달아나거라.
민 지 다시는 집 근처에 얼씬도 하지 마라.

노루가 뒤를 한 번 돌아보고는 눈 속으로 달아난다. 그 때 막 부엌에서 나오던 아빠가 달아나는 노루를 발견하고는 고함을 지르며 달려나온다.

아 빠 저, 저, 저 노루! 경식아! 어서 노루 잡아라! 노루 달아난다!
삼 촌 예? 노루가 달아난다고요?
성 원 (팔을 흔들며) 훠이! 훠이! 어서 달아나거라.
민 지 (안타까워서) 빨리 뛰어! 노루야.
엄 마 (뒤에 대고) 여보! 어차피 달아났는데 그냥 두세요.
아 빠 (화난 목소리로) 무슨 소리하는 거요, 지금?

눈 속을 허둥거리다 결국 노루는 붙잡히고 만다.

엄 마 (안타깝게) 저걸 어쩐담! 쯧쯧!

아 빠 (성원과 민지를 무섭게 노려보며) 너희들 짓이지? 불효막심한 것들!

민 지 아빠!

성 원 죄송해요, 아빠!

아 빠 시끄럽다. 이 근처엔 얼씬도 하지 마라. (노루를 다시 기둥에 묶는다.)

성원과 민지가 마당 한구석에 쪼그리고 앉았다.

성 원 아빠가 많이 화나셨나봐.

민 지 (울먹이며) 아빤 너무해.

성 원 (민지의 손을 잡으며) 이제 어쩔 수 없어. 노루의 명복이나 빌자.

민 지 흑흑! 불쌍한 노루.

성 원 이게 다 피할 수 없는 짐승들의 운명이야.

민 지 (울먹이던 민지, 갑자기 좋은 생각이 났다는 듯) 이러면 어떨까, 오빠.

성 원 어떻게?

민 지 (성원의 귀에 대고 한참 소곤거린다.) 어때, 내 생각이?

성 원 (고개를 갸웃하며) 글쎄……, 삼촌이 우리 얘길 들어줄까?

민 지 일단 삼촌을 설득해보는 거지 뭐.

성 원 좋아! 한 번 해보자.

민지, 성원 (손을 맞잡고 낮게) 파이팅!

민지가 살그머니 다가가 마루에 걸터앉아 있는 삼촌을 손짓으로 불러낸다.

삼 촌 (가까이 오며) 너희들, 멀리 가서 놀지, 왜 아직 여기 있니? 아빠에게 또 꾸중 들으려고 그러니?

민 지 삼촌! 삼촌은 노루가 불쌍하지도 않아?

삼 촌 그야 불쌍하지. 그러나 어쩌겠어? 할머니 병환이 더 급한데.

성 원 할머니 병환은 노루 고기를 드신다고 낫지 않아. 병원에 다니셔야 낫지.

삼 촌 그야 그렇지. (황급히 말을 바꾸며) 아 아, 아니, 잘 모르는 일이긴 한데 아빠 마음이 원체 확고하셔.

성 원 그래서 말인데, 삼촌이 좀 도와줘.

삼 촌 (당황하며) 내가? 내가 어떻게?

민 지 삼촌이 꾸중 듣게 하지 않을 테니 걱정 말아요.

삼 촌 대체 어떻게 하라는 거야?

민 지 (삼촌의 귀에 대고 소곤거린다.) 어때? 되지 않겠어?

삼 촌 (웃음을 참지 못하고) 아하하하하! 하하하! 그러니까 나보고…….

성 원 쉿! 조용히 해, 삼촌! 아빠가 알면 끝장이라구!

아궁이에 불을 때던 아빠가 힐끔 쳐다본다.

민 지 (낮은 목소리로) 삼촌이 얼마나 착한 사람이라는 걸 우린 다 알아.

성 원 물에 떠내려가는 개미도 건져내 살려준 삼촌이잖아.

삼 촌 하하하! 너희들이 아주 이 삼촌을 가지고 노는구나.

성 원 헤헤헤! 그만큼 우리가 삼촌을 믿고 있다는 얘기지.

민 지 그리고 오빠랑 나랑 저금통 깨면 할머니 병원비는 나올 거야.

성 원 그래, 병원에 몇 번은 충분히 다니실 수 있어.

삼 촌 (결심한 듯) 좋아! 한 번 해보자. 사실은 나도 마음이 아팠다구.

민 지 (좋아서) 그럴 줄 알았어, 삼촌!

삼 촌 오랜만에 실력 발휘 한 번 해볼까. 이래봬도 내가 학창 시절 학예회 때…….

성 원 그러니까 삼촌에게 부탁하는 것 아냐? 한 번 잘 해봐요.

삼 촌 (일어서며) 알았어. 이 삼촌만 믿으라구.

삼촌이 방으로 슬그머니 들어가더니 뭔가를 한 보따리 들고 재빠르게 밖으로 나간다. 성원과 민지는 모른 체하고 눈사람을 만들며 논다.

아 빠 (안에다 대고) 여보! 나무 좀 더 가져와요. 불살이 왜 이리 약하지?

엄 마 (나무를 들고 나오며) 물도 끓기 싫은가보죠?

아 빠 쓸데없는 소리!

할머니 (문을 열고 몸을 반쯤 내밀며) 왜 이리 집안이 부산하냐? 무슨 일이 있는 게니, 아범아?

아 빠 (당황하며) 아, 아닙니다, 어머니.

할머니 솥에 물은 왜 끓이냐? 돼지라도 한 마리 잡을 게야?

아 빠 아, 네, 저 그러니까 닭, 닭을 한 마리 잡으려고요.

할머니 (고개를 끄덕이며) 그래, 이왕 잡으려거든 두어 마리 잡아라. 그래야 온 식구가 다 나누어 먹지.

아 빠 예, 어머니. 추운데 문 닫고 계세요.

할머니 (문을 닫으려다 말고) 노루는 잘 돌려보냈겠지?

엄 마 (노루가 묶여 있는 쪽을 힐끗 바라보며) 네, 어머님. 그런데 그게 저…….

아 빠 (황급히 말을 막으며) 배불리 먹여 돌려보냈습니다.

할머니 (흡족해서) 잘했다. 그런 게 바로 복을 짓는 일이란다.

할머니가 문을 닫고 들어가면 엄마는 아빠에게 입을 삐죽이고, 아빠는 잠시 생각에 잠긴다. 그러다가 결심한 듯 노루에게로 다가가며 경식을 부른다.

아 빠 (큰소리로) 경식아, 어디 있니? 경식아.

민 지 삼촌, 밖으로 나가던데요.

아 빠 대체 어딜 갔지? 좀 도울 생각은 안 하고.

아빠가 묶은 끈을 풀어서는 마당가로 노루를 끌고 온다.

민 지 (안절부절못하며) 삼촌은 뭐하고 있지? 빨리 안 오고.

성 원 (속삭이듯) 삼촌도 바쁘게 서두르고 있을 거야.

아 빠 (엄마에게) 당신이 좀 잡아주구려.

엄 마 싫어요, 난.

아 빠 (역정 내며) 아, 이 새끼줄만 좀 잡고 있으라니까.

엄마가 마지못해 새끼줄을 잡는다. 아빠가 막 노루를 끌어당겨 땅바닥에 쓰러뜨리려는데, 갑자기 목탁 소리가 들리며 털모자를 눌러쓴 스님 한 분이 마당으로 들어선다.

스 님 (목탁을 치며) 나무관세음보살! 부처님께 시주하고 복을 받으시지요.

엄 마 (놀라서) 아이구, 스님! 이 눈 속에 시주를 오셨군요.

스 님 (합장하며) 나무아미타불! 눈 온다고 안 먹고 살 수야 없지 않겠습니까?

엄 마 그렇고말고요. 잠시만 기다리세요.

엄마가 안으로 들어가자, 아빠가 재빨리 노루 앞을 가리고 선다.

스 님 (기웃거리며) 그 뒤에 있는 짐승이 혹시 노루가 아닙니까?

아 빠 (다소 당황하며) 아, 아 아닙니다. 우리집에서 기르는 염소올시다.

스 님 (합장하며) 아, 예. 나무관세음보살!

아 빠 (스님을 빤히 바라보다가 고개를 갸웃하며) 그건 그렇고, 무척 낯이 익어보이는데 어느 절에서 오셨소이까?

스 님 (털모자를 눌러쓰며) 정처 없이 떠도는 방랑승이옵니다.

아 빠 (고개를 끄덕이며) 그래서 그런지 행색이 참 기이하구려. 털모자에 콧수염에다 색안경까지 쓴 스님이라…….

스 님 (콧수염을 어루만지며) 겉으로 드러난 행색이 뭐가 그리 중요하겠습니까? 중요한 것은 부처님의 가르침을 따르는 불심이지요.

아 빠 (고개를 끄덕이며) 하긴, 그렇지요.

엄 마 (쌀을 한 봉지 들고 나오며) 바랑도 안 지셨는데 어디에 넣어 가실지…….

스 님 그냥 봉지째 주십시오. 나무관세음보살!

엄 마 살펴 가십시오, 스님.

스님이 목탁을 두드리며 몇 걸음 걸어 나가다가 멈춰서서 중얼거린다.

스 님 (하늘을 올려다보며) 어찌 이리 살기가 느껴지는고! 가엾은 생명 하나가 석양에 구슬피 우는구나! 관세음보살 나무아미타불!

아 빠 (멈칫 놀라며) 스님! 무슨 말씀이시오?

스 님 (돌아보며) 사람의 생명이나 짐승의 생명이나 생명은 모두 소중한 것이지요. (합장한 뒤 총총히 사라진다.)

아 빠 (혼잣말로) 체! 떠돌이 중 주제에…….

아빠가 생각에 잠겨 노루 고삐를 잡은 채 한참 마당가를 서성이더니, 이윽고 노루의 발에 묶은 끈을 푼다.

아 빠 내가 잘못 생각했어. 이 가여운 것을 잡아먹으려 하다니…….

엄 마 (반기며) 잘 생각했어요, 여보.

성원, 민지 (좋아라 날뛰며) 만세! 우리 아빠 만세!

아 빠 그래, 너희들이 이겼다.

성 원 우린 아빠가 노루를 풀어줄 줄 알았어요.

민 지 (아빠 목에 매달리며) 우리 아빠가 최고예요.

아 빠 (웃으며) 허허허! 녀석들 참!

아빠가 막 노루의 등을 떠밀어 보내려는데 엄마가 부엌에서 나오며 소리친다.

엄 마 잠깐만요. (끈에 묶은 것을 건네주며) 이걸 노루의 목에 걸어 보내세요.

아 빠 언제 먹이까지……!

엄 마 아까 보니까 노루가 먹이를 입에 잔뜩 물고가려고 하더라구요. 틀림없이 새끼들에게 주려고 그랬을 거예요.

아 빠 잘했소.

노루의 목에 끈을 걸어주자 노루가 얼른 돌아서 뛰어간다. 그때 삼촌이 헐레벌떡 뛰어 들어오며 소리친다.

삼 촌 노루야! 노루가 달아난다. 형님, 빨리 노루를 잡아야지요.

엄 마 (웃으면서) 삼촌, 형님이 노루를 풀어주신 거예요.

삼 촌 (놀라며) 형님, 왜 노루를 풀어주세요? 어머니 신경통은 어쩌시고요?

아 빠 (빤히 경식을 바라보다가) 얼굴의 콧수염이나 다 떼고 능청을 떨어라.

삼 촌 (당황해서) 혀, 형님! 아셨어요? (콧수염을 더듬어 떼어낸다.)

아 빠 날 아주 바보로 아는구나. 하마터면 속을 뻔했지.

엄 마 호호호호! 삼촌 연기가 보통이 아니던데요?

삼 촌 (머리를 긁적이며) 형수님도 아셨군요.

민 지 (생글생글 웃으며) 내가 보기엔 삼촌 연기력이 거의 완벽했어.

성 원 정말 멋졌어, 삼촌!

민 지 아! 저기 봐요. 노루가 이쪽을 보고 고개를 끄덕이고 있어요.

엄 마 정말 그렇구나!

모두 노루를 향해 손을 흔들어준다. 그러다가 성원이가 마당가에서 뭔가를 발견하고 걸어간다.

성 원 (고개를 갸웃하며) 그런데 이게 뭐지?

아 빠 (바라보고는) 노루가 똥을 누었나보다.

성 원 아니, 이 속에 빛나는 것 말이에요.

엄 마 (돌아보며) 빛나는 것?

성원이가 막대기로 노루 똥을 헤집고 그 속에서 찬란히 빛나는 보석 하나를 주워든다.

성 원 (들뜬 목소리로) 엄마, 아빠, 보석이에요!

엄 마 (놀라며) 보석이라니? 그럴 리가?

성 원 (보석을 들고 와 아빠 손바닥에 놓으며) 이것 보세요. 정말 보석이라니까요.

아 빠 (못 믿겠다는 듯) 설마 보석일까?

아빠가 그걸 받아 물에 씻어가지고 찬찬히 살펴보다가 놀라 소리친다.

아 빠 (들뜬 목소리로) 보석이야! 정말 보석이야!

엄 마 네? 정말이에요? (재빨리 보석을 받아든다.)

민 지 노루가 고맙다고 보석을 주고 갔나봐요.

삼 촌 은혜를 아는 짐승이군요.

아 빠 그런 짐승을……! 하마터면 내가 큰 실수를 할 뻔했군.

엄 마 이 보석을 팔아서 어머니 병원비로 쓰면 되겠어요.

아 빠 (기뻐하며) 그럽시다. 내일 당장 어머니를 병원에 모시고 갑시다.

그때 할머니가 방문을 열고 내다본다.

할머니 아범아, 닭은 다 잡았냐?

아 빠 아, 예, 어머니. 지, 지금 곧 잡을 거예요.

할머니 쯧쯧! 닭 한 마리 잡는 걸 가지고 뭘 그리 꾸물거리니?

아 빠 (보석을 들어보이며) 이것 보세요, 어머니. 노루가 보석을 남겨놓고 갔어요.

할머니 (일어나 밖으로 나오며) 뭐? 노루가 보석……, 에구구! 무릎이야. 대체 그게 무슨 말이냐?

엄 마 (급히 할머니를 부축하며) 조심하세요, 어머님!

아빠가 할머니 손바닥에 보석을 올려놓으며 소상히 설

명한다. 할머니는 연신 고개를 끄덕이고, 온 가족이 기쁜 얼굴로 떠들썩하게 이야기를 나누는 가운데 서서히 막이 닫힌다.

자선냄비 속에 들어간 물방울 다이아

■ 때 : 요즘

■ 곳 : 주택가 거리

■ 나오는 이들 : 도둑1, 도둑2, 아빠쥐, 엄마쥐, 아기쥐, 구세군사관 1, 구세군사관 2, 경찰 1, 경찰 2, 사람들.

1

막이 열리면 두 도둑이 자그마한 상자 하나를 들고 황급히 뛰어나온다.

도둑 1 (숨을 몰아쉬며) 휴! 아이 숨차.

도둑 2 (뒤를 돌아보고는) 이제는 안심이야, 그만 달아나도 돼.

도둑 1 (사방을 두리번거리며) 아무도 보는 사람 없겠지?

도둑 2 걱정 마 짜샤! 그렇게 간이 작아서야 무슨 일을 해먹고 살겠니?

도둑 1 아무래도 난 도둑 체질이 아닌가봐.

도둑 2 짜샤! 도둑, 도둑, 하지 말라고 했지?

도둑 1 아 알았어, 보석전문털이범!

도둑 2 우리도 어엿한 전문 직업 종사자다, 이 말씀이야.

도둑 1 그런데 이 상자가 정말 보석 상자란 말이지? (상자를 흔들어본다.)

도둑 2 (황급히 상자를 빼앗으며) 흔들지 마. 이게 어떤 보석인데 함부로 흔들어대는 거니?

도둑 1 정말 그 물, 물…….

도둑 2 물방울다이아!

도둑 1 헉! 말로만 듣던 물방울다이아가 이 속에 들어있단 말이지?

도둑 2 몇 번 얘기해야 알아듣겠냐? 내가 이 보석을 손에 넣기 위해 지난 석 달 동안 밤잠을 자지 않고 궁리에 궁리를 거듭한 결과 비로소 오늘 이 보석을 손에 넣게 되었다 이 말씀이야.

도둑 1 넌 본래 밤잠을 안 자고 낮잠을 자지 않니?

도둑 2 (화를 내며) 짜샤! 말을 하자면 그렇다는 거지.

도둑 1 아, 알았어. (짝짝짝 박수를 치며) 역시 넌 으뜸 보석 전문 털이범이야.

도둑 2 (상자 뚜껑을 열며) 이 물방울다이아가 말이야…….

도둑 1 (눈을 번쩍이며) 어디 좀 봐.

도둑이 상자 속에서 보석을 꺼내든다.

도둑 2 오! 이 광채!

도둑 1 (감탄하며) 햐! 이게 바로 그 물방울다이아로군!

도둑 2 이렇게 큰 다이아몬드는 국내에서 몇 개 안 된다지 아마.

도둑 1 어디서 이런 보석을 구했을까?

도둑 2 보나마나 이 보석의 주인 되는 녀석도 이걸 어디서 훔쳤을 거야.

도둑 1 훔쳐? 어디서?

도둑 2 부정 축재로 소문난 녀석이거든. 그러니까 훔친 거나 마찬가지라는 얘기지.

도둑 1 (고개를 끄덕이며) 그러니까 우린 도둑의 물건을 훔친 도둑이네?

도둑 2 흐흐흐! 그러니까 우리가 한 수 위지.

도둑 1 이 보석으로 집도 사고…….

도둑 2 이 보석으로 빵도 사 먹고…….

도둑 1 이 보석으로 과자도 사 먹고…….

도둑 2 이 보석으로 피자도 사 먹고…….

도둑 1 이히힛! 신난다.

도둑 2 (보석을 들어 요리조리 살피며) 히야! 정말 끝내주는군.

도둑 1 (손을 뻗어 보석을 낚아채려 하며) 어디 좀 봐.

도둑 2 (피하면서) 가만있어봐, 좀.

도둑 1 좀 보자니까!

보석을 서로 보려고 둘이서 다투다가 그만 보석을 떨어뜨리고 만다. 떨어진 보석이 데구르르 굴러가자, 둘이 놀라 허둥대며 소리친다.

도둑 2 악! 내 보석!

도둑 1 엇! 이게 어디로 굴러가는 거지?

그때 쥐 한 마리가 달려나오다가 굴러가는 보석을 발견하고 잽싸게 입에 물고는 달아난다.

도둑 1 앗! 저 녀석이 …….

도둑 2 뭐 저런 녀석이 있어? 쥐가 보석을 물고 가다니!

도둑 1 암놈인가봐, 보석을 좋아하는 걸 보니 …….

도둑 2 짜샤! 지금 농담할 때야? 빨리 빼앗아!

도둑 1 (쥐를 좇으며) 야! 이 쥐새끼야, 거기 안 서!

도둑 2 빨리 안 내어놓으면 널 물어죽일 테다.

쥐 (달아나며) 찍! 찍찍!

무대를 몇 바퀴 돌던 쥐가 보석을 입에 문 채 드디어 쥐구멍 속으로 사라져버린다.

도둑 2 (털썩 주저앉아 땅을 치며) 아이고, 내 보석!

도둑 1 (같이 따라 주저앉으며) 아이고, 내 물방울다이아!

한참 구멍을 노려보다가 막대기를 주워와 구멍 속을 휘저어보기도 하면서 둘이 야단법석을 떤다.

도둑 2 (벌떡 일어나 다른 도둑의 멱살을 잡으며) 이게 다 너 때문이야, 짜샤!

도둑 1 (질세라 같이 멱살을 잡으며) 뭐? 보석을 떨어뜨린 건 너잖아, 임마!

도둑 2 네가 짜샤 자꾸 빼앗으려는 바람에 떨어뜨렸잖아.

도둑 1 그러게, 한 번 보여주었으면 됐잖아.

도둑 2 이 자식이!

도둑 1 이 녀석이!

둘이 맞붙어서 싸우다가는 또 쥐구멍을 들여다보며 탄식하다가 또 맞붙어 싸우기를 되풀이하는 가운데 무대가 암전된다.

2

무대가 다시 밝아지면 쥐구멍 속이다. 아빠 쥐가 보석을 입에 물고 헐레벌떡 뛰어 들어온다.

엄마쥐 왜 이리 숨 가쁘게 뛰어 들어오세요? 또 야옹이 녀석에게 쫓긴 게로군요?

아빠쥐 (숨을 몰아쉬며) 나 시원한 물부터 한 컵 주구려.

엄마쥐가 따라주는 물을 아빠 쥐가 벌컥벌컥 들이킨다.

엄마쥐 (수건으로 이마의 땀을 닦아주며) 이 땀 좀 봐. 그래 맛있는 음식은 좀 구해오셨어요?

아빠쥐 그러니까 그게 …….

아기쥐 아빠! 오늘 꼭 피자를 구해오기로 하셨잖아요?

아빠쥐 으응, 저 그게 말이다 …….

엄마쥐 (요리조리 살피며) 음식은 보이지 않고……, 손에 쥔 이건 뭐예요?

아빠쥐 (보석을 내보이며) 이게 말이오, 이게 인간들이 좋아하는 보석이라는 건데…….

엄마쥐 (화를 내며) 아니, 이런 건 뭣 하러 물고 오셨어요? 이 쓸모없는 돌멩이를……. (보석을 빼앗아 던져버린다.)

아빠쥐 (황급히 보석을 다시 주워들며) 이런 무식하긴, 이게 얼마나 값진 돌멩인지 알기나 해요? 인간들은 이것에 목숨까지 건다구요.

엄마쥐 아이구 참! 얼빠진 인간들이나 그런 걸 좋아하지 우리 쥐들에게는 피자 한 조각보다 못 하다구요.

아기쥐 (떼를 쓰듯) 아빠! 나 피자 먹고 싶단 말이에요.

아빠쥐 (아기쥐를 달래며) 뽀식아, 이건 물방울다이아몬드라는 건데, 가치로 치면 피자 백 개, 아니 천 개, 만 개의 가치가 있단다.

아기쥐 (놀라며) 천 개, 만 개요?

아빠쥐 그래, 천 개 만 개.

아기쥐 그렇게 많이는 필요 없고, 지금 당장 피자 한 판만 나오게 해보세요.

엄마쥐 그러세요. 한 판, 아니 한 조각이라도 나오게 해보세요.

아기쥐 어서요, 아빠.

엄마쥐 어서 해보세요.

아빠쥐 (잠시 생각하다가 보석을 입에 넣고 꽉 깨물며) 에잇! 윽! 아유, 이빨이야.

아기쥐 그러면 피자가 나오나요?

아빠쥐 사실은 나도 이게 왜 피자 백 개, 천 개보다 가치가 있는지 그 이유를 모르겠다.

엄마쥐 당신도 참! 그것도 모르면서 이걸 물고 와요?

아빠쥐 그 녀석들 얘기로는 이걸로 집도 사고 빵도 산다고 했소.

엄마쥐 그 녀석들이라니요? 누구 말이에요?

아빠쥐 누군 누구겠소. 이걸 훔쳐가던 도둑들이지.

그때 쿵! 쿵! 하고 벽을 허무는 듯한 소리가 들린다.

엄마쥐 이게 무슨 소리지?

아빠쥐 (귀를 쫑긋하고는) 가만, 이 소리는……. (급히 일어서며) 그 놈들이오. 어서 여기서 도망갑시다.

엄마쥐 (어리둥절해서) 예?

아빠쥐 그 놈들이 이 보석을 찾으러 왔다니까.

엄마쥐 (집안을 둘러보며) 이 살림살이들은 다 어쩌구요?

아빠쥐 (보석을 주워들며) 귀중한 것만 대충 챙겨요.

쥐 가족이 우왕좌왕하는 가운데 무대가 잠시 암전되었다가 밝아지면, 도둑들이 곡괭이로 쥐구멍을 파고 있다.

도둑 2 어서 콱 찍어 파!

도둑 1 (곡괭이를 내던지며) 고놈의 쥐새끼들이 아직도 여기 있겠어? 벌써 다른 데로 달아났지.

도둑 2 짜샤! 그럼 그 귀한 물방울다이아를 쥐새끼한테 던져주고 그냥 빈손으로 가잔 말이야?

도둑 1 그럼 어째? 우리 복이 그것뿐인 걸.

도둑 2 (곡괭이를 집어들며) 비켜봐 짜샤. 내가 파볼게.

도둑이 곡괭이를 사정없이 휘두르며 쥐구멍을 판다. 이때 경찰이 지나가다가 이 광경을 보고 의아해하며 가까이 온다.

경 찰 (구덩이를 들여다보며) 뭘 하시는 겁니까?

도둑 1 (깜짝 놀라며) 아 예, 그 저 그러니까 물방울…….

경 찰 물방울이라니요? 물방울이 어때서요?

도둑 2 (간교한 웃음을 지으며 황급히) 헤헤헤! 담, 담벼락에서 물방울이 떨어지는 것을 보고 혹시 여기 온천물이 나나 해서요.

경 찰 담벼락 밑을 너무 깊이 파지 마십시오. 잘못하면 담이 무너질지도 모르니까.

도둑 2 (굽실거리며) 예, 예.

경찰이 고개를 갸웃하며 나간다.

도둑 2 (다른 녀석을 마구 때리며) 짜샤! 너 물방울다이아라 하려고 했지? 그런 대가리로 어떻게 도둑질해먹고 살래?

도둑 1 아, 아얏! 그러니까 난 도둑 체질이 아니라고 했잖아.

사람들이 힐끗 쳐다보며 지나간다. 두 도둑이 다시 쥐구멍을 파려는데 쥐들이 구멍 속에서 뽀르르 나와 달아난다.

도둑 1 (깜짝 놀라며) 이크! 쥐다!

도둑 2 저 녀석이다, 잡아라!

쥐 들 (달아나며) 찍 찍찍!

도둑 1 앞에 조 녀석이 보석을 물고 있어.

도둑 2 조 녀석을 잡아라! 절대로 놓치면 안 돼!

쫓고 쫓기며 쥐들과 두 도둑이 온 무대를 돌아다니는 가운데, 무대 한쪽에서 구세군의 자선냄비가 등장한다.

사관 1 (종을 흔들며) 불우 이웃을 도웁시다.

사관 2 이웃에게 따뜻한 사랑을 나눕시다.

사관 1 작은 나눔으로 이 추운 겨울을 훈훈하게 녹입

시다.

사관 2 이 세상을 사랑으로 가득 채웁시다.

도둑 2 (구세군사관들을 밀치며) 아, 저리 좀 비켜요.

도둑 1 저, 저기 달아난다!

엄마쥐 (요리조리 달아나며) 찍 찍찍! 여보, 어서 그 보석을 저 냄비 속에 넣어버려요.

아기쥐 찍찍 찍! 그래요, 아빠. 도둑에게 보석을 빼앗기느니 그게 좋겠어요.

아빠쥐 찍찍찍 찍찍! 그래, 나도 그 생각을 하고 있는 중이란다.

쫓기던 아빠쥐가 펄쩍 뛰어오르더니 자선냄비 속에 보석을 던져넣고는 달아난다.

도둑 1 (놀라며) 앗! 저 녀석이 보석을……!

도둑 2 (절규하는 목소리로) 안 돼! 절대로 안 돼!

도둑들이 울부짖으며 자선냄비 속을 양 손으로 마구 휘젓는다.

사관 1 이게 무슨 짓이오?

사관 2 자선냄비 속의 돈을 훔치려 하다니, 이런 일은 처음인걸.

도둑 2 (울부짖듯) 내 보석! 내 보석!

도둑 1 오! 하느님 맙소사!

구세군사관이 다급하게 호루라기를 서너 번 불자, 서너 명의 경찰이 달려와 두 도둑을 붙잡는다.

경찰 1 이 녀석들이 아까부터 수상하더라니.

경찰 2 현상 수배된 녀석들이 틀림없어.

도둑 2 (수갑에 채여 끌려가며) 오, 내 보석! 내 보석!

도둑 1 흑흑! 역시 난 도둑 체질이 아닌가봐.

도둑들이 아쉬운 듯 계속 뒤를 돌아보며 끌려가는 가운데, 구세군사관들은 아무 일 없었다는 듯 종을 흔들며 행인들에게 자선을 호소한다.

사관 1 불우 이웃을 도웁시다.

사관 2 이웃에게 따뜻한 사랑을 나눕시다.

자선냄비의 종소리가 딸랑딸랑 흘러나오는 가운데 서서히 막이 닫힌다.

□ 이 한 영

경남 산청에서 태어나 진주교육대학을 졸업하고 일생을 2세 교육에 전념하다 퇴임하였다. 아동문예문학상에 당선되어 문단 활동을 시작하였으며, 경남아동문학회 회원, 경남문인협회 · 마산문인협회 · 한국문인협회 회원으로 활동하고 있다. 경남아동문학상과 마산예술공로상을 수상하였고, 지은 책으로는 아동극본집 『꼬마 마녀 단불이』와 교단 수필집 『광려산에 부는 바람』이 있다.

■ 이메일 nolgaeul@hanmail.net ■ 홈페이지 www.nolgaeul.com

□ 조 수 빈

밀양여중 1학년 학생으로, 그림그리기를 좋아하고 상상력이 뛰어나다. 그림이 섬세하고 따뜻하며 그림 속에 많은 이야기가 담겨 있다.

신나는 아동극 세상

초판 1쇄 인쇄 / 2008년 5월 15일
초판 1쇄 발행 / 2008년 5월 20일

■

지은이 / 이한영
펴낸이 / 전춘호
펴낸곳 / 철학과현실사
서울특별시 서초구 양재동 338의 10호
전화 579—5908～9

■

등록일자 / 1987년 12월 15일(등록번호 제1—583호)

■

ISBN 978-89-7775-660-1 03800
*잘못된 책은 바꾸어 드립니다.
*지은이와의 협의에 따라 인지를 생략합니다.
값 9,000원